박재희 장편소설

어쩌다,
트로트

특별한서재

차례

꽃분홍은 싫어

• • • •

지수

"어쩌다……."

큰 동양화 병풍 앞, 주황색 개량 한복을 입은 아저씨가 엄마의 눈을 본다. 국화빵만 한 플라스틱 안대로 가린 오른쪽 눈을 껌벅거리며 엄마는 왼쪽 눈으로 지수를 찾는다.

"선생님이시다. 인사 드려."

연습한 대로 지수는 두 손을 이마에 붙이고 큰절을 한다. 청바지 엉덩이 가운데가 뜯어질까 걱정이어서 이마가 방바닥에 닿기 전에 얼른 일어난다. 부욱, 소리는 안 났으니 안심이다. 메이커라고 다 같은 메이커는 아니다. 디바이스 청바지, 10년을 입어도 새것 같다고 광고 때리더니 쌩 구라다.

"어쩌다 눈을……."

지수는 아저씨의 손이 가리킨 방석을 엄마가 앉을 만한 위

치에 깔아준다. 그 뒤쪽으로 붙어 앉아서 지수는 아저씨를 살
핀다.

그 아저씨다. 설날 특집 방송에 나온 아저씨.

흥부가 기가 막혀, 아이고, 형니임~

판소리를 불렀다. 그런데 엄마가 들어오더니 TV를 껐다.

"잘난 척하기는!"

"아, 왜!"

지수가 TV를 다시 켜니까 화면에 어떤 할머니가 나왔다.

"선상님, 「한오백년」좀 불러줘유. 죽은 우리 영감이 선상님의
「한오백년」을 엄청 좋아했다우."

아저씨는 곤란하다는 듯이 마이크를 입에서 뗐다. 복잡한 표
정이었다. 잠시 뒤 마이크를 다시 입 가까이 댔다.

"죄송한데요, 할머니. 저는 조용필이 아니라 조은필이라는 소
리꾼입니다. 소리꾼은 가요 같은 거 안 불러요."

엄마가 또 리모컨을 건드렸다.

"치이, 안 부르는 게 아니라 못 부르는 거지."

"아, 왜!"

왕눈을 부라리는 지수에게 리모컨으로 TV를 삿대질해보였다.

"볼 거 없다. 니 아빠 앞에서는 입도 뻥긋 못 하던 것이 명창

어쩌다, 트로트

이라고 나와서 잘난 척하는 꼴이라니! 니 아빠 살았으믄 어림없다. 백수야, 백수."

그 백수에게 잘 보이려고, 엄마는 어제 아들에게 큰절을 가르쳤다.

"전화 드린 대로…… 잘 부탁드려요."

어정어정 방석을 찾아 앉으면서 엄마는 머리를 조아린다. 실크 블라우스가 땀으로 젖어 등에 붙어 있다. 그 블라우스에다 대고 지수는 재빠르게 속삭인다.

"어쩌다가 눈을 다쳤냐구 묻잖아."

짝눈인 건 꼭 한쪽 눈을 다쳐야 아는 건가. 엄마 왼쪽 눈의 시력이 빵이고, 그나마 겹쳐 보인다는 걸 안과 가서야 알았다. 뭐 먹고 싶냐기에 무심코 "새우튀김" 했는데, 엄마를 맹인 만들 뻔했을 때였다.

뭔가를 기름통에 넣는 소리, 지글지글 끓는 소리, 탁 소리와 동시에 난 날카로운 비명.

지수가 달려갔지만 엄마 눈에 붙은 튀김옷은 뜨거워서 만질 수도 없었다. 떼려고 하면 얇은 눈꺼풀이 따라 올라오고, 올라오고……. 지수가 힘을 쓸수록 엄마의 비명도 커졌다. 아이스팩을 대도 튀김옷은 떨어지지 않았다.

"눈알이 탔나 봐."

눈에서 물이 줄줄 흘렀다.

"업혀, 엄마!"

엄마를 업고 뛰었다. 마을버스로 한 정거장 거리를 내달려 가장 먼저 눈에 보인 병원으로 들어갔다. 그 병원이 안과가 아니라 산부인과란 건 나중에 알았다. 의사는 집게로 단번에 튀김옷을 떼어냈다. 살점과 합체한 콩알 크기의 튀김옷은 끔찍했다.

'새우튀김 안 먹어. 다신 안 먹어. 개떡 같은 튀김!'

한쪽 눈을 다쳤는데 엄마는 두 눈이 다 안 보이는 것처럼 행동했다. 유리문에 얼굴을 부딪치고, 밥솥 없는 전기밥통에 쌀을 붓고, 의사 앞에 앉아서도 의사가 없는 쪽에다 대고 말했다.

"선상님, 안대는 은제 푸나유?"

"한 달은 더 걸립니다. 아줌마, 안대 관리 잘 하세요. 절대 울지 마시구요. 덧나면 눈꺼풀이 녹아서 없어져요."

"에구! 어쩐대유, 중요헌 일이 있는디……. 선상님, 언능 풀 방법은 읎나유? 우리 아들 데리구 KBS 방송국 가야 하는디유. 꼭 가야 하는디유."

또랑또랑 말하던 박은희는 어디 가고 충청도 산골에서 길 잃은 치매 노인 말투였다. 언제부터 계획했는지는 몰라도 실행하기로 마음먹은 것은 아마 그때였던 듯하다.

엄마는 방송국의 노래자랑 담당 PD에게 전화했다.

어쩌다, 트로트

"사정이 생겨서 참가 못 해요. 죄송해요. 또 기회가 있겠지요."

"아, 왜 참가 못 하게 해!"

지수가 화를 내도 소용없었다.

'어떻게 얻은 티켓인데! 삼국지 게임의 천하통일 점수보다 따기 어려운 티켓! 노래자랑이 열리는 평택에 가서 지역 예선을 통과, 일산에 가서 전국 예선을 뚫고 간신히 얻은 천국행 티켓. 경기도 서부 대표 가수를 포기하다니, 이럴 수는 없었다. 더구나 30여 명이 겨루는 본선은 전국 생방송까지 한다는데! 전 국민이, 아니 세계인이 하지수의 노래를 들을 텐데! 음원 차트 1위, 검색 1위, 팔로워 수십 만, 수백 만, 수천 만, 억, 억……'

고민 끝에 엄마가 제일 무서워하는 단식을 시작했다. 생선 튀김, 복숭아 조림, 통닭구이…… 마카롱까지 입에 대지 않았다. 아들이 음식 먹는 모습을 제일 좋아하는 엄마였다. 정말 미안했지만 다른 방법은 통하지 않으니 할 수 없었다.

"엄마면 다야! 엄마가 뭔데 내 앞길을 막아!"

"엄마는 걍 엄마지, 뭐. 아들바라기 엄마. 해바라기는 해 없으면 목 떨어지고, 아들바라기는 아들 없으면 숨 떨어지고."

"좋아, 엄마 혼자 잘 살아. 난 지구를 떠날 테니까!"

"아유, 착한 아들 성질 버리겠네. 홀어머니 협박하는 법은 또 어디서 배웠대?"

"아, 그니까 왜 나를 악마 만드냐고. 아들 노래 잘하면 엄마두

좋고, 아들도 좋잖아. 포기할 이유가 어디 있어. 생방송 타서 일거리 많이 들어오면 엄만 친구들이랑 유럽 여행 가서 좋고, 아들은 유명 가수 돼서 좋고. 두루두루 짱인데 대체 뭐가 문제야, 왜 엎냐고."

울컥, 뭔가 뜨거운 것이 목울대를 치올라오는 느낌, 얼굴이 확 달아오르는 느낌에 지수는 입을 다물었다. 공연 때마다 지수보다 더 신이 나서 화장이며 의상을 신경 쓰던 엄마였다. 무대 나가기 직전에 넥타이를 바로잡아주고, 입에다 오렌지 주스 빨대를 대주고, 등을 탁 쳐서 무대로 뛰어나가게 만드는 엄마였다. 눈을 다친 것과 노래자랑 본선이 무슨 상관인지 지수는 이해할 수 없었다. 시간의 줄다리기 끝에 엄마가 먼저 입을 열었다.

"아들, 아들은 아직 한참 어려서 뭘 잘 모르는 거야. 인생은 짧고 예술은 길다. 해마다 봄은 와. 이 봄만 봄이 아니다, 이번 대회만 대회가 아니다, 이 말이야. 방송국도 KBS, MBC, SBS, tvN, 종편까지 또 얼마나 많냐. 니가 노래만 잘해봐라. 서로 모셔갈 거야. 그치만 지금은 아니야. 엄마는 아들 또랑광대실력 없는 예술가 되는 꼴은 못 본다. 너, 죽 쒀서 개 준다는 말 알아? 우리 아들, 하찌수는 잠자는 다이아몬드야. 네가 지금은 돌덩이처럼 보이지만 석수장이가 만지면 부처님이 탄생한다구. 만인이 우러러 섬기는 건 시간문제지. 검색어 1위 가수 하찌수!"

"아무튼 포기 못 해. 엄마가 좀 져줘. 아들 이기는 엄마 없다

어쩌다, 트로트

잖아. 응, 플리이이즈."

"그래, 졌다. 대회 나가라, 나가. 대신 판소리랑 퉁 치자. 판소리 한바탕 배우고도 트로트를 계속 하고 싶다면 엄마가 다 해줄게. 네 등골 브레이커 노릇, 즐겁게 해줄게."

"판소리가 뭔데. 흥부가 기가 막혀, 아이고, 형님~ 설날에 한복 입은 아저씨가 부르던 거? 알아듣지 못할 랩을 손짓 발짓 몸짓, 땀을 삐질삐질, 걸걸한 목소리로 부르던 구닥다리 노래, 그게 판소리라는 거야? 그깟 거 나도 해. 엄마, 아들만 믿어. 자신 있어. 내가 노래로 세상을 제패할 테니, 엄마는 유명 가수의 엄마가 되어 여행이나 실컷 하라구."

드디어 엄마는 PD에게 다시 참가하겠다는 전화를 했다. 지수가 판소리를 배운다는 조건이었다. 엄마와의 전쟁이 고약한 것만은 아니었다. 판소리를 배우는 대신 본선 대회에 출전하기로 했고, 보너스도 챙겼다. 별짓을 다 해도 꿈쩍 않던 체중이 5킬로그램이나 줄었으니까.

그때부터 엄마는 이상한 쇼핑을 시작했다. 운동복, 실내복, 잠옷, 세면도구, 막대 사탕, 짱구를 사서 여행 가방을 채웠다. 화장품, 향수, 꽤 비싼 면도기도 온라인 쇼핑몰에서 질렀다. 핸드폰은 신상으로 바꿔서 데이터 무제한으로 가입해주고, 카드며 현금은 잃어버린다며 압수했다.

"내가 애야? 내가 번 거잖아. 왜 갑자기 사람을 거지 만들어."

"거지는 뭘! 이렇게 빵빵한 엄마 있는 거지 봤어? 대신 카뱅카오뱅크은 써도 돼. 물론 한도를 걸어놨지. 이자 센 게 있어서, 우선 급한 불 끄고, 내가 나중에 몇 배로 갚아줄게. 돈 걱정은 말고, 찌수야. 가수는 말이야, 노래도 노래지만 몸매가 돼야 해. 반짝반짝한 영상 시대잖아. 노래는 개떡 같아도 몸매 좋고 얼굴만 인형 같으면 먹고살잖아. 특히 남자는 털을 잘 관리해야 돼. 너, 그 다리털 좀 매일매일 반들반들 생닭처럼 깎아. 알았지?"

"엄마, 아들이 만만하구나? 그래서 눈 아픈 신경질을 다 나한테 퍼붓는 거지? 뼈대 있는 집안 자손이라며 여기저기 아들 자랑할 땐 언제고, 내 다리털이 아빠 닮아서 멋지다며 쓰다듬을 땐 언제고, 이제 와서 트집이야."

툴툴거리면서도 지수는 말끝을 부드럽게 했다.

'드디어 엄마를 이겼다! 생방송 탈 수 있다!'

언제 그랬냐 싶게 얼굴이 시원해졌다. 뭔가 달콤한 게 먹고 싶어졌다. 짱구, 마카롱, 군만두…… 머리를 굴리는데 엄마의 코맹맹이 목소리가 들려왔다.

"알았어, 아들. 알았다구. 그런데 말이야. 이제, 이제 엄마는 밥 못 해. 튀김 장사도 접어야 해. 한 달은 이렇게 장님처럼 방콕해야 한다잖아. 너도 컸으니까, 이제 혼자 알아서 살만큼 컸으니까."

"아, 은희 씨, 또 징징이다."

어쩌다, 트로트

말소리에도 핏줄이 뻗어 있다면, 엄마의 말소리는 핏줄이 찢어져서 피가 새어나가는 소리 비슷할 거라고 지수는 느꼈다.

"얘가 다른 건 몰라도 노래는 천잽니다. 천재를 바보 만들겠다 싶어서……. 부탁드립니다, 선생님."

"박 선생님."

엄마를 선생님이라고 부르는 바람에 지수는 고개를 들어 아저씨의 얼굴을 본다. 올백으로 넘긴 머리, 네모난 큼직한 얼굴, 복잡한 생각에 휩싸인 표정. 서른 살은 넘고 마흔 살은 안 되어 보인다. 아빠와 동갑이라면 마흔 살이다.

"아무리 세월이 많이 갔다 해도 저를 이렇게 어려워하시다니, 섭섭하네요. 아까 들어오시는데, 얘가 동국인 줄……. 어깨 펴고 걷는 걸음새까지 동국이가 살아 돌아온 줄……."

"TV에서 뵈었어요. 활동을 많이 하시더군요. 판소리 명창이시니……."

"……."

"얘 좀 키워주세요. 부탁드려요."

「한오백년」 부르기를 거절했을 때 지었던 그 복잡한 표정이다. 어려운 상황을 견디는 자만의 어떤 것. 아저씨는 대답하지 않는다. 반듯한 책상다리가 세종대왕 포스다.

'친구들은 놀러 갈 거리를 찾아 핸폰을 뒤지는 방학인데, 나는 여름 내내 저 아저씨와 지내야 하나. 노래를 꼭 합숙하면서 배워야 하나. 폰이랑 컴이랑 TV가 스승이지, 저런 왕꼰대랑 붙어 살아야 하냐고. 노래자랑 1등하면 되지, 꼭 판소리라는 걸 배워야 남보다 뛰는 가수가 되는 거냐고!'

지수는 몸을 뒤튼다. 땀으로 달라붙은 엄마의 블라우스를 보니 더 열이 뻗친다.

"촌티 나게, 하필 분홍이야. 그 흥부 아저씨랑 무슨 사이야? 사귀어? 아빠 친구라며. 아님 판소리 명창이라서? 명창이 뭐야, 딱 한 번 TV에 나왔던데. 검색해보니까 유명한 사람도 아니던데 후진 분홍 블라우스를 꺼내 입고 난리야."

어젯밤, 엄마와 의상 리허설을 했다. 아들이 싫어하는 줄 알면서도 엄마는 철쭉색 바탕에 국화 무늬가 드문드문 놓인 실크 블라우스를 골랐다. 특별한 사람을 만난다는 뜻이었다. 학교 선생님, 관광버스 기사, 방송국 PD, 국악단 단장.

"길거리 나가봐. 분홍 입고 다니는 사람이 있나 보라고!"

연분홍 치마가 봄바람에 휘날리더라아~

「봄날은 간다」

"그건 연분홍이야. 왕 촌스런 꽃분홍이 아니라 파스텔 톤 핑

어쩌다, 트로트

크라구, 은희 씨."

"넌 덩치만 컸지, 정신 연령은 딱 중2야, 세상에서 가장 무섭다는 중2가 아니라 종이 호랑이 중2. 너, 분홍이 얼마나 황홀한 색인지나 알아? 핑크! 이는 듣기만 하여도 가슴이 설레는 말이다. 핑크! 너의 두 손을 가슴에 대고, 물방아 같은 심장의 고동을 들어보라……."

"헐, 시인 나셨네, 시인 박은희 씨. 국어시간에 잠 안 잔 거, 인증 샷."

"너, 사람들이 말을 안 해서 그렇지, 늙으나 젊으나 다들 분홍이라면 껌뻑 죽어. 춘향이도 이도령 만날 때 분홍치마 입었잖아. 세상에서 제일 어여쁜 복숭아꽃도 꽃분홍이잖아. 너는 우습게 보지만 진짜 분홍은 잘 입기 힘들어. 이렇게 고급 실크 블라우스에, 나처럼 얼굴이 희어야 매치 짱이지. 엄마가 이래 봬도 미스코리아 선이잖니, 선! 전국구."

박은희가 미스코리아 선이라는 걸 지수는 인정할 수 없었다. 대한일보 주최의 미스코리아 선발 대회를 아무리 뒤져도 엄마 이름은 없었다. 혹시 예명 금나래를 썼나, 뒤져도 없었다. 사진한 장 남아 있지 않은 미스코리아 선을 믿을 수 없었다. 그러나엄마는 툭하면 미스코리아 전국구 출신임을 내세웠다. 남들이믿거나 말거나.

"자빽. 은희 씨, 꼭 튀는 옷을 입어야 한다면 노랑도 있잖아,

노랑 이쁘잖아."

"노랑? 세월호 리본색? 흐, 노랑도 괜찮지만 난 왠지 분홍이 좋더라. 검정, 하양, 파랑, 노랑과 분홍은 달라. 분홍은 따듯해. 얼음을 녹이지."

"그동안 많이 찾았습니다. 어디 사시는지, 어떻게 사시는지, 계속 찾았는데……. 10년, 13년을."

아저씨는 그 말을 끝으로 갑자기 입을 꾹 다문다. 초점 없는 엄마의 왼쪽 눈에서 물이 흐른다. 줄줄. 또 시작이다. 울지 말라는 의사의 말은 잊었나 보다.

"아줌마, 물이 묻으면 눈꺼풀이 곪아요. 한 번 구멍 뚫리면 엉덩이 살로도 땜질 안 되는 데가 눈꺼풀입니다. 평생 눈 뜨고 잘 생각 아니면 절대 울지 마세요."

꽉 막힌 걸걸한 목소리가 다시 엄마를 향한다.

"계속 찾았는데…… 갓난애와 둘이 어떻게……."

"뭐……."

"운경 사부님께서 애타게 찾으셨습니다. 어디 가서 밥이나 먹고 사는지…… 찾아보라고 여러 번……. 저를 잊지 않고 전화 주셔서 정말 고맙습니다. 그동안 어떻게……."

말을 맺지 못하고 아저씨는 지수를 본다. 엉겁결에 지수는 윗몸을 숙였다. 판소리는 몰라도 사람 뚫는 눈은 고수다. MRI로

어쩌다, 트로트

실핏줄까지 들킨 기분이다. 하지수 15년을 사진 한 장으로 간파하는 눈. CT도 싫은데 MRI라니! 환자가 기계 속에 들어 있는 걸 깜박하고 퇴근한 의사 생각이 난다. 뉴스를 보면서 엄마가 치를 떨었었다.

"의사는 다 전생에 칼잡이였을 거야. 안과 의사 빼고 다."

"갓난애 데리고…… 쉽지 않으셨을 텐데."
"새끼가 있으니, 살아지더래요."
마지막 말이 노래 후렴처럼 지수의 귀에 맴돈다.

살아지더래요. 삶을 살뜰히 푹푹 삶으니 살살 살아지더래요~ 아리랑 아리랑 아라리요

정선아리랑 가락을 얹어서 랩처럼 부르는 코맹맹이 엄마 목소리가 맴돈다. 정말 기분 꽝이다. 기계 속에서 옴짝달싹 못 하는 하지수. 돈을 많이 벌어도 아들은 엄마 앞주머니에 매달린 캥거루, 기생충이다. 말라깽이 몸뚱이에 달라붙어서 땀을 빨아먹는 블라우스다. 저절로 나오는 짜증을 지수는 깊은 호흡으로 막는다. 이런 자리에서 짜증을 들키는 것도 한심한 짓이니까.

코 풀고, 눈물 닦고, 엄마는 소리 나게 침을 삼킨다. 거짓말을 망설일 때의 습관이다.

'그동안 어떻게……. 직업이 뭔가, 뭘로 벌어먹고 살아왔다고 대답해야 하나?'

박 선생님에 어울리는 직업을 찾아 지수의 뇌파도 광속으로 돈다. 안양천 튀김 장수, 안양 복지관 가요 강사, 낙랑 국악단 가수…… 때에 따라서, 상대방에 따라서 엄마의 직업은 달라진다.

"제 기억에 민요 하신 걸로……. 안비춘 선생님의 수제자시잖아요."

"네, 뭐……."

문 두드리는 소리가 엄마를 구한다. 문이 열리고 여자애와 남자애가 들어온다. 울긋불긋 한복 차림이다. 갑자기 분위기가 창덕궁 궁궐 안으로 변한다.

'쪼끄만 애들이 이 더위에 뭔 한복이래. 혹시 이게 소리공방 평상복? 헐, 개떡이다!'

지수는 옆으로 비켜 앉는다. 남자애가 찻상을 아저씨와 엄마 사이에 놓는다. 찻잔이 세 개, 유리 접시 하나. 유리 접시에 소복한 마카롱!

'마카롱이다!'

지수는 자동으로 뻗어나간 손을 급히 거둬서 사타구니 사이에 박는다. 먹거리와 전쟁 중이다. 여기서 5킬로그램만 더 줄이면 우량아 소리는 들어도 뚱보 소리는 면할 수 있다. 그런데 사실 오늘은 좀 억울하다.

　　　　　　　　　　　　　　　어쩌다, 트로트

마카롱 덕분에

····

지수

조금이 아니라 많이 억울하다. 걸음이 느린 엄마를 생각하며 지수는 한 시간 일찍 집에서 출발했다. 30분쯤 일찍 도착해서 간단히 뭐라도 먹고 들어갈 계획이었다. 마을버스 타고 내려가 안양역에서 지하철 1호선을 타고, 다시 종로에서 3호선으로 갈 아탔다. 그런데 반대 방향으로 탔다. 다시 바꾸어 타고 경복궁 역에서 내려 삼청동 언덕배기를 걸어올라 왔다. 부지런 떨었어도 시간은 지수 편이 아니었다. 김밥 한 줄 사먹을 짬이 없었으니까. 어깨에 색을 메고, 한 손으로 캐리어를 끌고, 다른 한 손으로 엄마 손을 잡고서 왔다. 발이 부었는지 운동화가 빽빽해서 걷기가 고역이었다.

운경 판소리 공방

사방으로 가지 뻗은 웅장한 소나무를 우산처럼 쓰고 나무 간판이 걸려 있었다. 지수는 엄마에게 핸드폰을 열어보였다.

12:50

엄마가 웃었다. 화장실에 들러도 늦지 않은 시간이니까. 그러나 아침을 먹지 않는 지수에게는 화장실보다 중요한 게 점심이었다. 떡볶이, 오뎅, 와플이 눈앞에서 날아다녔지만 지수는 참았다.

마카롱…… 뽀또 마카롱, 앙버터 마카롱, 이 시큼한 냄새는 요구르트 마카롱…….

참을성을 시험당하는 스스로가 불쌍하다고 지수는 고개를 끄덕인다. 불쌍하게 생각하면 참지 못할 것이 없다.

동정심은 힘이다. (이상한 말이지만 이 말만은 엄마 말이 맞는다고 지수는 생각한다)

두 아이가 손을 앞으로 모은 채 서 있다. 여자애는 연두색 저고리와 고동색 치마, 한 갈래로 땋아서 자주 댕기로 묶은 갈색 머리다. 남자애는 미색 두루마기를 입고 가슴에 붉은 띠를 매고 있다. 두루마기 아래는 하늘색 한복 바지다. 머리에 쓴 망사 모자는 갓이라는 건가 보다. 남자애가 지수를 곁눈질하며 뭐가 좋은지 싱글거린다.

'바본가? 왜 실실 쪼개. 개그 해?'

　　　　　　　　　　　　　　　　　어쩌다, 트로트

가늘고 검은 눈썹 아래로 반달 모양의 눈매와 길고 하얀 콧등이 귀티 난다.

'한복은 왜 입었어? 「해품달」찍어? 성은이 망측하여이다. 엄만 왜 저렇게 땀을 흘린대? 에어컨도 빵빵한데, 죄 지었어? 아저씨한테 빚졌어? 뭐냐구!'

앉아 있을수록 속이 꼬인다. 견뎌야 할 시간, 참아야 할 상황이면 즐겨야 한다.

'즐길 수 없어! 아, 또 악마가 마음의 문을 두드리네, 개떡!'

두 어른은 찻잔을 들고 말없이 마시기 시작한다. 아까는 아저씨만 복잡한 표정이었는데, 지금은 엄마 속도 신호가 엉켜서 다운된 듯하다. 엄마의 속을 읽을 수가 없다. 여자애가 요구르트 마카롱을 집어서 지수에게 건넨다. 받을까 말까, 생각하기 전에 손이 먼저 마카롱을 낚아채 엄마 입에 넣어준다.

"어, 싫어, 너 먹……."

체면 차릴 상태가 아니라는 걸 엄마도 아는가 보다. 눈을 흘기면서도 엄마는 오물오물 맛나게 먹는다. 다시 엄마 속이 읽힌다.

'뱃속에 거지가 납셨어, 아들.'

'그러니까 빨리 끝내. 수다 그만 떨고.'

지수는 뽀또 마카롱을 집어 엄마 입에 넣어준다. 이번에는 마카롱이 입에 닿기 전에 엄마가 입을 쫙 벌려서 혓바닥으로 받는

다. 여자애가 마카롱을 지수 입 앞에 댄다. 방금 배운 짓거리다.

"어, 내가 집어 먹⋯⋯."

거절할 새 없이 지수는 입을 열고 마카롱을 한입에 삼킨다.

'이 맛이야!'

꼬인 속이 풀린다.

그런데 달콤한 향, 부드러운 씹힘을 음미하는 순간 숨이 찬다.

컥컥!

크지도 않은 게 목구멍에 걸렸나 보다. 여자애가 컵을 건넨다. 귀엽다. 여름에 피는 연보라색 꽃뭉치, 수국을 닮은 얼굴이다. 고맙다는 표현도 못 하고 지수는 물을 들이켠다. 다 마시기를 기다리던 여자애가 물병으로 컵에 물을 채워준다. 도리머리를 하면서도 지수는 또 컵을 비운다. 살 것 같다.

지수는 다시 컵에 물을 받아서 엄마에게 건넨다. 엄마도 단숨에 다 마시고 여자애에게 감사 머릿짓을 한다.

"너네 인사해. 쌤 친구 하동국 선생님의 아들 하지수다."

아저씨가 아이들에게 지수를 소개한다.

"삼청중학교 2학년 이선재입니다."

남자애가 웃으면서 말한다. 느리지도 빠르지도 않은, 높지도 낮지도 않은 말씨다. 상냥함이 자연스럽다. 언제나 웃는 아이돌을 닮은 듯하다. 여친과 헤어진 것도 웃으면서 얘기하던 가수, 두 눈에는 물이 넘치는데 광대뼈를 치켜올리며 웃던 아이돌 같다.

"나이가……. 덩치 보니 지수가 위겠구나. 아니다, 같은 중학교 2학년이니까 선재와 동갑이다."

엄마가 얼른 나선다.

"우리 찌수가 위일 거예요. 얘가 생일이 12월 말이라 애면 나이를 먹었어요. 학교도 늦게 들어갔구요."

"그런가요? 선재는 생일이 여름이니까, 그럼 지수가 형이구나. 선재야, 형이라 부르고, 처음이니까 잘 지낼 수 있도록 도우미 잘할 수 있지?"

"네, 쌤. 형, 반가워요."

선재가 약간 머리를 숙이며 웃어 보인다. 엄마에게도 허리 숙여 정중하고 다정하게 인사한다. 생일 몇 달 빠르다고 형 취급하는 아저씨나, 금방 네, 대답하면서 생글거리는 남자애나 존심 하나도 없다. 어이 상실이다.

"삼청중학교 2학년 조아라. 난 그냥 이름 부를래. 찌수. 헤헤."

초등학생같이 보이는 여자애가 왕싸가지다. 세상에서 지수를 찌수라고 부르는 사람은 엄마밖에 없다. 처음 본 아이가 엄마와 동급 호칭을 쓸 수는 없다.

「다리 꼬지 마」를 부른 악동뮤지션 닮은 여자애의 조막눈이 지수를 맞본다. 그러더니 이번에는 선재와 마주 보고 눈을 꿈쩍이며 웃는다. 반갑다는 것인지, 똘마니가 생겨서 좋다는 뜻인지 알 수 없다.

"너네, 무슨 곡을 준비했니?"

아저씨가 옆에 있는 북을 앞으로 옮기더니 두둥두둥 친다. 강약과 리듬이 있는 북소리에 분위기가 바뀐다. 술렁술렁 북소리를 따라서 공기가 뜬다. 무대에 오색 조명이 들어온 듯, 방 안이 환하다. 감색 개량 한복의 아저씨, 초록색 긴 치마, 꽃분홍 블라우스의 엄마, 한복과 머리 스타일이 고전적인 아라와 선재. 모두 조명을 받으면서 청중의 환호를 즐기는 듯하다.

자신도 모르게 지수는 자신의 옷차림을 내려다본다. 청바지는 디바이스 루마 패션^{백화점} 구루마의 세일 ^{상품}이지만 속의 티는 등판 그래픽이 유명한 캉골, 검정 후드 재킷은 데상트 정품이다. 저 애들은 구경도 못 해본 브랜드들일 것이다. 엄마를 졸라서 3개월 할부로 얻어낸 무신사 운동화를 신고 걸으면 이태원에서도 꿀리지 않는다.

'그런데 이 꿀꿀한 기분은 뭐야?'

무대 조명 밖에 혼자 서 있는 것 같은 기분은 착각이라고, 지수는 스스로를 다독인다. 한복이 화려하고 품위 있어 보이긴 하다. 그러나 저런 옷차림으로는 팝 아트^{Pop art}를 할 수 없다.

"「심청가」요. 심 봉사가 젖동냥한 뒤 갓난아기를 어르는 대목이요."

"조오치!"

"제가 칠게요."

어쩌다, 트로트

언제 들어왔는지, 한 여자가 아저씨의 북을 가져간다. 허벅지가 보이는 노랑 반바지, 젖가슴에 달라붙은 검정 끈 나시, 노란 커트 머리, 어깨에 차랑거리는 은빛 저팔계 귀고리가 재밌다. 입술의 검은색 립스틱도 보이시해 보이는 데 한몫한다. 재수생이거나 대학 초짜 같다. 압구정동 로데오 거리나 홍대 앞에서 좀 노는.

옷이 그게 뭐냐.

아저씨와 엄마의 눈이 여자를 찌르는데도 여자는 아랑곳없이 북채를 높이 들어서 두둥두둥 북을 어른다.

헉!

지수는 눈을 크게 뜬다. 보통 솜씨가 아니다. 트로트 밴드 중에는 못 본 실력이다. 북 하나, 북채 하나로 잠깐 튜닝을 하는데, 스파크가 사방팔방 튄다.

Whiplash!

이렇게 드럼을 잘 치는 사람은 영화 속에서나 존재한다. 사물놀이 북보다 좀 작고, 가장자리를 둘러가며 쇠가 박혀 있어서 단단해 보이는 북.

"얼씨구!"

아이들이 노래를 부른다. 쑥스럽지도 않은가 보다. 낯선 사람들 앞에서 손짓 발짓하며 북장단 맞추어 소리를 지른다. 있는 힘껏 소리를 지른다. 방 안이 동굴처럼 쩌렁쩌렁 울린다. 몸집도 작은 아이들의 성량이 놀랍다. 처음에는 시끄럽기만 했는데, 듣다 보니 곡조가 재미있다. 선재 목소리는 굵고 거칠고 강하다. 아라 목소리는 쫀디기처럼 새되면서도 맛깔나다. 아주 재미있다는 듯이 부채를 아기 삼아 어르면서 노래 부르는 두 아이. 처음이다. 지수는 처음으로 이렇게 가까이서 판소리를 듣는다.

어허둥둥 내 딸 어허둥둥 내 딸
금자동이냐 은자동이냐

「심청가」

신기하다. 북 반주로 노래하는 판소리는 TV로 보던 것과 전혀 다르다. 발성법, 호흡법이 트로트와 딴판이다. 성대를 울리는 소리가 아니라 배에서 끌어올리는 소리 같다. 통성과 후두성, 진성과 가성의 차이랄까. 노랫말이 길고 이해 못 할 가사가 많다. 엄마가 CD로 들을 때 같이 들어서 익숙하기는 하다. 학교에서 음악 시간에 판소리를 감상한 적도 있다. 판소리는 판, 즉 무대에서 하는 소리란 뜻이다. 무대가 잔칫집이든 시장 바닥이든, 아무튼 듣는 사람이 있는 판에서 소리하는 것이다. 그런데 이건 지금껏 지수가 듣고 상상한 판소리와 다르다. '아이고, 형님~' 아저씨 노래와 과는 같은데 전혀 다른 것 같다. 아이와 어른의 차이인가?

어쩌다, 트로트

은하수 직녀성 달 가운데 옥토끼

댕기 끝에 꽃 매듭 옷고름에 별 자수

판소리는 혼자 하는 뮤지컬이다. 한 명의 소리꾼이 창_{노래}, 아니리_{사설, 이야기}, 발림_{몸짓}을 섞어가면서 긴 이야기를 노래한다. 이건 상식일 뿐, 지금 지수가 직접 보고 온몸으로 느끼는 판소리는 상식 이상의 어떤 것이 있다.

딱 한국. 한국에서만 사는 노래 같다. 한국 사람과 한국 역사를 닮은 노래 같다. 트로트, 발라드, 교회성가, 재즈, 동요, 민요, 록…… 지수가 아는 많은 노래 종류 가운데 가장 토종이다. MADE IN KOREA!

쥐엄 쥐엄 잘깡잘깡

엄마 아빠 도리도리 어허둥둥 내 딸

노래가 살아 있다. 「무동_{舞童, 춤추는 아이}」이라는 김홍도 그림 속의 아이가 뛰어나와서 노는 것 같다. 같이 춤추는 아이라도 된 듯한 이 느낌! 온몸이 흥얼거리는 느낌에 지수는 좀 황당하다.

얼씨구!

북 치는 여자가 가끔 뭐라고 소리를 지른다. 두 아이의 얼굴에 땀이 흐른다. 그룹이나 밴드에 기대어 노래 부르는 보컬리스트보다 힘들어 보인다. 가수를 북돋고 추어주는 소리를 추임새라고 한다. 지수도 "얼씨구!" 북 치는 여자를 따라 같이 추임새를 내고 싶어서 목구멍이 근질근질하다. 그렇지만 참는다. 잘못 소리냈다가는 분위기를 깨고, 비웃음을 받을 듯해서다.

팡팡팡팡.

노래가 끝났나 보다. 여자는 잘했다는 듯이 북을 크게 두드린다. 아이들은 두 손을 앞으로 모으고 폴더 인사를 한다. 자랑스럽게 웃는 모습이 무슨 대극장 무대 공연이라도 끝낸 듯 진지하다. 손님들이 올 때마다 이렇게 노래자랑을 하는가 보다. 엄마가 손뼉을 친다.

"우와! 잘한다, 명창감이네! 미래의 인간문화재들이네! 진짜 잘 가르치셨네요, 스승님. 우리 찌수도 잘 부탁드립니다!"

엄마는 아저씨를 선생님에서 스승님으로 바꿔 부르며 엉거주춤 몸을 움직이더니 무릎 꿇고서 굽실댄다. 아저씨가 앉아 있는 방향도 못 찾고 어중간한 위치에다 대고 굽실굽실!

'왜 굽실거려? 내가 애들보다 못할까 봐서?'

오기가 솟구친다. 지수의 속내를 들여다본 듯, 여자가 북을 딱딱 친다.

"자, 해봐, 신입생."

"네?"

"답가 해."

'누가 판소리 듣자고 했나? 맘대로 시끄럽게 불러놓고 답가 하래.'

구시렁대지만 내뱉을 상황은 아닌 듯하다. 여자의 말에 아저 씨가 덧붙인다.

"그래, 어디 성음 좀 보자."

공포의 오디션

지수

"그래, 어디 성음 좀 보자."

성음을 보자고 한다. 그런데 성음이 목소리란 뜻인지, 실력이
란 뜻인지 알쏭달쏭하다. 북을 두둥두둥 치며 여자는 지수의 노
래를 청한다.

'얘는 어디 사물놀이 경연 출신인가? 북 잘치네. 품바 하다니?
아리랑 목동이 기가 막히던데.'

"야, 초짜, 쫄지 마, 덩칫값을 해. 걍 실력 발휘하라, 이 말씀이
야. 누나가 팍팍 응원해줄게."

'덩치라니! 날 언제 봤다고 반말에 덩치래! 5킬로그램 빼느라
고 저승 구경까지 했는데, 이게 북 좀 친다고 날 밟아!'

그러나 지수는 부글거리는 속을, 엄마의 땀 젖은 블라우스를
보며 다독인다. 엄마에게 억지로 술을 먹여서 기절시킨 아저씨

32   어쩌다, 트로트

를 팼을 때, 경찰서에서 엄마가 해준 말이 기억났기 때문이다.

"아들, 엄마 잘못이야. 술 못 먹는 내 몸뚱이가 문제지, 잔칫집에서 일하는 가수에게 술 권한 손님이 뭔 죄야. 그리고 너, 이것만은 진리야. 까칠하면 굶는다. 입맛에 맞는 것만 하고, 거슬린다고 안 하면 굶는다. 가수는 쌨으니까 이 바닥에서 한 번 나쁜 소문 돌면 박은희, 아니, 금나래는 아무도 안 부른다고. 내가 할 일이 줄어들면 너도 일이 없지. 노래 잘 부른다고 중학생 학비 대주는 세상은 아니니까. 하기 싫을 때, 거슬릴 때, 딱 죽었다, 금나래 죽었다, 난 이렇게 생각해. 죽었다, 죽은 사람의 눈으로 본다고 생각하면 못 할 것이 없어. 너, 장마철에 나무다리 건너봤어? 난 건너봤어. 백일 된 널 업고 흙탕물에 흔들리는 나무다리를 건너는데 후들후들 제정신이 아니더라. 다리 아래에서 네 아빠가 다정하게 부르는데 절대 아래 안 보고 두 눈 꽉 감고 건넜다. 그것도 건넜는데, 뭔 짓을 못 해."

"미쳤어! 그딴 짓을 왜 해! 나까지 물고기 밥 될 뻔했잖아!"

"흐흥, 그렇지? 누가 유모차를 준다기에 유모차만 있으면 무슨 일이든 할 수 있을 것 같아서. 유모차에 너 앉혀놓고 식당 일이든, 과일 장사든."

"이그, 트러블 메이커 은희 씨. 아무튼 은희 씨 머리 나쁜 건 알아줘야 해. 툭하면 길 가다 쓰러지고, 지하철에서 잠자다가 벌금이나 내고, 누가 보호잔지 모르겠네."

"당근 엄마가 보호자지. 걱정 마, 아들. 걱정 말고 다시는 손님한테 주먹질하지 마. 손님은 왕이야. 왕한테 한잔 받아먹고 뻗은 내 몸뚱이가 원수지. 그리고 그깟 술, 하루만 웩웩거리다 보면 사라져. 그런 다음 먹는 미음이 얼마나 맛난 줄 알아? 미음 먹으려고 술 먹은 것 같아, 얼마나 맛난지."

그깟 술이지만 빚만 갚으면 왕의 할아버지가 줘도 안 먹을 박은희다.

팡팡팡팡.

여자가 북으로 노래를 재촉한다. 아저씨보다 여자가 더 무섭다. 「네 박자」, 「차차차」, 「곡예사의 첫사랑」…… 빠르고 신나는 노래에 맞는 리듬이다. 소리공방의 전통인 듯, 아이들도 나가지 않고서 방석을 갖다가 앉는다. 아저씨가 두 눈을 감는다. 모두들 좋은 청중의 준비를 마쳤나 보다. 지수는 몸이 굳었다. 방송국 카메라 열 대보다 더 무섭다. 구원투수는 역시 엄마다. 엄마가 급히 손사래를 친다. 누구에게랄 것 없이 장님 지팡이 찾듯 두 손을 젓는다.

"어머, 애는 판소리 몰라요. 제 곁에서 듣기는 많이 들었어도 부를 줄은 몰라요. 아는 노래는 그냥 교과서 노래, 찬송가, 트로트…… 애가 트로트는 제법이에요. KBS 노래자랑 월말결선을

어쩌다, 트로트

통과했어요. 본선도 자신 있다고, 상금 타서 엄마 유럽 여행 시켜준다고……. 찌수야, 한 곡 뽑아봐. 뭐 할래? 너 십팔번 불러. 「황성 옛터」, 「신라의 달밤」, 「목포의 눈물」…… 아유, 십팔번이 너무 많아서……."

정신이 퍼뜩 든다. 지수는 안다. 소리공방에 왜 왔는지 안다. 지금 노래로 아저씨의 인정을 못 받으면 어떻게 되는지 안다.

오디션! 공포의 오디션!

이런 일이 있을 줄 엄마는 짐작한 듯했다. 양복 준비, 과자 준비, 노래 공부는 다 오늘을 위한 것인 듯했다. 틈날 때마다 엄마는 지수를 설득했다.

"넌 하지수야. 환갑잔치 전문 가수 금나래의 아들 하지수가 아니라 요절한 천재 명창 하동국의 아들 하지수야."

걸음마를 시작할 때부터 지수는 사람들 앞에서 놀았다. 시장에서, 술집에서, 잔칫집에서 놀았다. 처음에는 재롱으로, 다음에는 동요로, 어른들이 좋아하는 흘러간 옛날 노래로 자랑거리를 늘려갔다.

어린애가 동요나 부르지 무슨 뽕짝이냐.

쪼끄만 게 뭘 안다고 트로트야.

앞길이 뻔하다. 밤무대 가수나 되겠지.

슬픈 노래 부르지 마라, 애늙은이 같다.

「아리랑동동」, 「품바」, 「네 박자」, 「사랑의 밧줄」…… 즐겁고
신나는 노래도 많은데 아이가 왜 청승맞은 노래만 부르냐.

박수 치고 돈을 주면서도 사람들은 흉을 보았다. 상관없었다.
노래 부르는 동안만큼은 행복했다. 튀김 장수 아들도 아니고,
연립주택 아이도 아니고, 온전한 가수 하지수임을 확인할 수 있
었다. 노래 부르는 동안만큼은.

이난영, 현인, 이미자, 배호, 나훈아, 장사익, 조용필……

노래 부르면 사람들은 칭찬하고, 박수 치고, 돈을 주었다. 효
도 관광버스 따라갔다가 엄마보다 돈을 많이 벌기도 했다.

트로트 신동.

저절로 호칭도 따라왔다. 동네 복지관, 체육 대회, 효도 잔
치…… 부르는 곳이 늘어갔다. 면에서, 시에서, 전국에서 하는
노래자랑을 찾아다니다 보니 실력도 늘어갔다. 그러나 고학년
이 되니까 초등학생들만 나가는 곳은 피하게 되었다.

트로트 영재 경연장, 꿈나무 싱어, 전국 어린이 트로트 대회,
노래가 좋아……

체격 때문에 같은 학년 아이들과도 말을 섞기 쪽팔렸다. 중학
생이 되니 자연히 신동 소리가 떨어지고 대신 트로트 가수라는
이름이 따라왔다. 자연스럽게 스폰서가 붙고, 행사 때마다 챙겨
주는 매니저도 생겼다. 계약은 엄마가 했지만 지수 사인도 들어
갔다. 계약서에 하지수라는 이름 세 글자를 새길 때의 기분이라

니! 롱바디 스타크래프트 밴을 타고 공연장으로 갈 때의 기분이라니! 유명 연예인이 부럽지 않았다.

8 : 2

노예 계약이라는 비판도 높았다. 하지만 내 돈 낼 테니 키워만 달라는 아이들도 줄을 섰다. 유명 가수, 유명 개그맨, 유명 탤런트, 유명 영화배우도 계약서를 보면 곰과 조련사의 관계 그 이상도 이하도 아니라고 들었다. 먹고 먹히는 먹이 사슬의 관계가 그냥 밀림에서 벌어지는 게임이라고 했다.

일단 튀어야 해. 급수를 높이려면 튀어야지.

행사마다, 스폰서마다 붙는 스태프들의 급수가 달랐다. 일급에는 모두 일급 분장사, 미용사, 의상 담당, 소품 담당…… 지수 같은 초짜는 이제 갓 자격증을 딴 스태프들의 연습용이었다. 큰무대가 늘어갈수록 이게 아니라는 느낌, 더 튀어야 한다는 본능이 꿈틀댔다.

전국 노래자랑, 슈퍼스타 K, 팬텀 싱어……

지수보다 노래를 잘하는 사람은 많았다. 엄마도 조바심이 나는지 지수를 강남의 음악 전문학원으로 몰았다. 유명 프로그램의 악단장, PD, AD가 운영하는 곳을 찾아가서 피아노, 작곡, 악보 속독법을 배웠다. 하지만 늘 뭔가가 모자랐다. 배울수록 어렵고, 알수록 자신감이 떨어졌다.

"제대로 하려면 공부를 해야지. 제대로 된 스승님을 모시고 죽어라 공부해야지. 그래도 될까 말까 한 게 이 세계야. 안 할람 몰라도 할람 제대로 해."

"시대가 변했어, 엄마. 요즘은 네이버 형님과 유튜브 누나가 제대로 된 학교고 선생인 거 몰라? 온라인 시대야. 합숙하면서 공부하는 시대가 아니란 말이야."

"싫음 마."

설득에 지쳐서 엄마가 손 놓기 직전 지수는 마음을 돌렸다. 무엇보다 방송국 결선 대회에 꼭 나가고 싶었다. 30여 명 중에 꼭 1등을 하고 싶었다. 그 많던 잔칫집도 엄마가 병치레하니까 일이 끊기고, 따라서 지수의 수입도 끊겼다. 엄마가 못 하게 막지 않으니까 밤새 놀던 것들이 모두 재미없어졌다. 리니지 게임도 지겹고, 코인 노래방도 지겨웠다. 킥보드를 타고 같이 돌아다닐 친구들도 다 어디론가 가버렸다. 점점, 남들보다 잘하려면 뭔가 특별한 준비가 필요하다는 느낌도 지수를 흔들었다.

'판소리나 배워볼까? 같은 노래니까 어려울 것도 없지, 뭐.'

사실은, 무엇보다도 집을 떠나고 싶었다. 좁은 집에서 약 냄새 풍기는 엄마와 종일 지내는 게 힘들었다. 대충 썻은 야채와 생선으로 대충 칼질해서 만든 설익은 음식들이 견디기 힘들었다. 집을 떠나 또래들과 같이 살면서 공부한다는 게 어떤 건지 궁금하기도 했다. 엄마가 얘기하는 유명한 선생님도 궁금했고, 판소리도 궁금했다. 앞이 잘 안 보이는 엄마도 혼자 살 각오를 하는데, 다 큰 아들이 어리광할 수는 없었다. 우선 엄마에게 인정받고 싶었다. 하지수 혼자 잘할 수 있다는 걸 보이고 싶었다.

설득당한 척 엄마를 따라온 길이지만, 두 아이의 판소리를 듣고 나니 힘이 없다. 무어라 꼬집어 말할 수는 없지만 아무튼 트로트와 다르다. 남자와 여자가 다른 것처럼, 하늘과 땅이 다른 것처럼, 꽃과 나무가 다른 것처럼 다르다. 비교할 수는 있으나 등수를 매길 수는 없고, 우열을 가릴 수는 더더욱 없는 무엇!

판소리도 노래, 트로트도 노래, 무엇이 다를까. 수백 명 앞에서도 무대를 휘어잡았는데, 뭘까, 이 느낌은. 찝찝해.

분명한 사실은 하지수가 이대로 다시 안양천 연립주택으로 돌아갈 수는 없다는 것이다. 엄마는 날마다 울 것이고, 눈이 멀수도 있다.

'쇼야. 심각하게 생각할 거, 하나도 없어.'

허기인지 어지럼인지 모를 블랙홀로 빨려 들어가기 직전, 지수는 방석에서 일어난다. 발로 방석을 밀쳐놓고 넉넉히 몸 움직일 자리를 확보한다.

저 아이들에게 밀리고 싶지 않다. 밀리면 스스로가 너무 불쌍하다고 지수는 생각한다. 죽었다 생각하면 못 할 것이 없다고 엄마가 그랬다. 못 할 것이 없다. 더구나 목소리로 하는 것이라면! 겨우 몇 사람 있는 방 안에서 떤다면 하지수가 아니다. 유치원, 초등학교, 중학교 트로트 신동의 진가를 보일 차례다.

"어차피 쇼야."

어떤 유명 가수가 말했다. 가수는 노래하는 연극배우라고, 목소리로 청중을 울리고 웃기는 희극 배우라고.

'쇼야. 목소리로 승부하는 게임!'

눈을 질끈 감고서 눈동자에 기운을 모은다. 눈두덩이 뜨거워질 때쯤 슬그머니 눈을 뜬다. 촉촉한 눈으로 벽에 걸린 붓글씨 족자를 바라본다. 감정을 잡는다. 꿈을 꾸는 듯, 꿈이 현실인 듯, 현실이 꿈인 듯.

一切唯心造 일체유심조 : 모두가 마음먹기 나름이다

연애도 안 해본 쟤들이 심 봉사가 되어 갓난아기를 어르는 것이나, 신라가 어디 붙었는지도 모르는 하지수가 불국사의 종소리를 듣는 것이나. 지수는 자신을 믿는다. 눈앞은 밤이다. 어스름 신라의 달밤이다.

아하, 신라의 바하함이히히여허어

「신라의 달밤」

대번에 탁 트인 목소리가 미끄러져 나온다. 아까 먹은 마카롱

어쩌다, 트로트

이 에너지원인가 보다.

> 불국사의 종소리 들리어 온다
> 지나가는 나그네여
> 걸음을 멈추어라

여자가 북을 친다. 살금살금 노래를 따라온다. 북으로 노래를 받치고, 부축하고, 밀어준다. 묘한 북소리다.

그래, 그렇지, 잘한다, 잘하고 있어, 최고야! 너처럼 노래 잘 부르는 아이는 처음이야.

북소리로 말한다. 분명 앉아서 북을 치는데, 여자의 상체와 하체가 따로 논다. 너울너울 북소리 따라 관절과 근육이 움직이는 게 느껴진다. 지수는 북의 리듬에 몸을 맡긴다. 잠겼던 목이 스르르 풀리고, 더 높은 고음을 지르고 싶다고 간질거린다. 그러나 「신라의 달밤」에는 샤우팅이 없다. 전체 키를 높여나가는 수밖에. 슬그머니 볼륨을 낮추고, 음정을 높인다. 변화를 느꼈는지 북소리가 예민하게 반응해온다.

'아쭈, 제법인데. 좋아! 간다! 완전 연소 모드!'

북 하나가 웬만한 밴드와 맞장 뜬다. 웅장하면서도 섬세하고 더없이 부드럽게 노래를 감싼다. 레전드 록 밴드 '부활'이 북 반주로 부활한 것 같다. 이런 밴드라면 밤새 불러도 지치지 않을 자신 있다.

고요한 달빛 어린 금옥산 기슭에서
노래를 불러보자 신라의 밤 노호래해르을

2절을 부를까 말까, 머뭇하는 사이 아저씨가 왼손바닥을 들어 보이신다.

"그만."

여자가 북채를 놓는다.

침묵.

소리 없는 시간은 누워서 먹는 고구마다. 답답하다. 숨도 쉬기 어렵다. 지금껏 앙코르는 수없이 받아봤어도 1절 만에 컷 당하기는 처음이다. 여자와 아라가 고양이 뒷걸음으로 방을 나간다. 아저씨와 엄마와 선재와 지수, 넷만 남는다.

'헐, 이건 뭔 시추에이션이야. 노래 끝났잖아. 그런데 아무도 박수를 치지 않아.'

퇴장해야 하는데 아무도 움직이지 않는다. 누군가 지수의 손을 잡아서 방석에 앉힌다. 선재다. 지수는 하릴없이 유리 접시의 마카롱을 눈으로 센다. 17개. 마카롱을 다 세고도 시간이 남는다. 이윽고 아저씨의 긴 한숨이 고구마에 칼집을 낸다.

"어쩌다……. 전설적인 명창 하동국의 아들이 뽕짝이라니……."

뽕짝이 어때서

• • •

선재

"구려!"

방을 보자마자 지수 형이 뒤를 돌아본다.

"완전 감옥 삘이네. 옷장 하나, 침대 하나, 거울 하나. 시골 모텔도 여기보단 낫겠다. 뭐야, 화장실도 없잖아."

"그래도 에어컨 있는 방은 여기뿐이야, 형. 게스트 룸인데, 특별히 형한테……."

"형?"

지수 형의 눈빛에 선재는 자신도 모르게 뒷걸음질한다. 씨름 선수 몸매와 중저음의 목소리가 어른 같다. 키는 엇비슷해도 몸무게는 선재의 두 배로 보인다. 귀에서 턱밑으로 파르라니 수염을 깎은 흔적도 있다. 게임도 잘할 게 분명하다. 눈빛에는 공중전 수중전 다 제패한 자의 카리스마가 넘친다. 「신라의 달밤」을 부르던 곰 인형 같은 하지수와 동일인인가? 헷갈린다.

　고요한 달빛 어린 금옥산 기슭에서
　노래를 불러보자 신라의 밤 노호래해르을

　그렁그렁 두 눈 가득 눈물을 담고서 1000년 전, 신라의 달빛
어린 밤으로 이동하는 능력자. 노래의 타임머신을 탄 순간 선재
는 둥둥 떠서 시간뿐 아니라 공간도 딴 세계로 이동한 듯했다.
　감정 잡는 천재.
　이렇게 짧은 시간에 감정을 잘 잡는 사람은 소리공방에 없다.
중등부, 고등부, 일반부 서른 명 통틀어도 있을까 말까다. 선재
가 아는 한 모두 트로트는 못 부르고 안 부른다. 빛나 누나가
「동백 아가씨」를 부르다가 쌤한테 찍힌 뒤로 더더욱 트로트는
공방에서 유령 음악이다.

　"어쩌다……. 전설적인 명창 하동국의 아들이 뽕짝이라
니…… 어쩌다."
　쌤의 탄식에 형의 어머니는 몸 둘 바를 몰라 하셨다. 형은 더
욱 못 봐줄 정도였다. 얼굴이 흙빛이었다. 「신라의 달밤」에서 영
문도 모른 채 끌려나와 한강 물에 풍덩 던져진 느낌이랄까. 방
금 전만 해도 「신라의 달밤」 3절까지 다 부르고 연이어 몇 곡 더

부를 기세였는데.

아, 신라의 밤이여
불국사의 종소리 들리어온다

엉덩이를 들썩이며 입술로 따라 부르던 빛나 누나도 어쩔 줄
을 몰라 했다. 북채를 소리 없이 놓고 쌤과 형을 번차례로 보았
다. 그러더니 누나는 아라와 뒷걸음질로 방을 나갔다. 멀뚱하게
서 있는 형이 불쌍했다. 그냥 노래인데, TV에서 자주 듣던 트로
트인데 형의 노래는 달랐다. 예술이었다. 야구 방망이처럼 단단
한 목소리, 굽이굽이 매끄러운 목소리로 끝없이 뻗어 올라가는
고음! 성악에서 고음은 모든 흠을 덮는 마술 보자기 아닌가. 갑
자기 판소리가 수오당 다락에 있는 골동품 달항아리처럼 고리
타분해졌다.

"앉아, 형."
선재가 손을 잡으니까 형은 순순히 이끌려서 방석에 앉았다.
어머니 뒤로 붙어 앉아서 어깨를 기우뚱 숙인 모습이 아버지 같
았다. 돌을 움직이는 기중기에 스쳐서 어깨를 다친 뒤로 아버지
는 변했다. 어깨 기우뚱, 머리 기우뚱, 말소리도 예전 같지 않고
어눌했다.

"자식 맡긴 죄인이지. 부모는 다 죄인이야, 죄인."

쌤을 만날 때마다 아버지는 미안해했다. 쌤뿐만 아니라 선재에게도 늘 미안해했다.

"친구가 없다니, 기가 막힌다. 네 나이 때는 친구가 전부인데…… 아부지가 할 말이 없다. 우리 할락궁이설화 속의 할락궁이는 서천 꽃밭을 가꾸는 정원사다. 피와 뼈와 살이 되는 식물을 가꾸어서 죽은 어머니를 살린다, 한창 공 차고, 스키 타고, 게임으로 밤샐 나이에 무슨 큰 출세를 하겠다고 생고생이냐…… 뭐, 네가 좋다니까 아부지가 밀기는 민다만, 적당히 해."

병원에서는 아무 이상 없다고 했지만, 아버지는 더 이상 예전의 그 아버지가 아니었다. 공을 일부러 뺏겨주고, 스키 폴로 앞길을 방해하고, 선재가 넘어지면 허허허 큰 소리로 웃던 아버지가 아니었다. 어깨가 삐딱하면 정신도 삐딱해지는지 잘 웃지도 않으셨다.

"인생은, 특히 판소리는 장거리 마라톤이야. 출발할 때 전속력을 내면 금방 지치지. 지금 네 나이 때는 속도 내지 말고 중간만 하는 게 좋아. 치고 나가는 건 스무 살 넘어서도 언제든 가능해. 지금 무리해서 성대결절, 목 망가지면 나처럼 청맹과니가 된다, 이 뜻이야. 변성기를 잘 넘겨야 해. 지금은 딱 중간만, 알았지?"

선재의 기억 속 아버지는 늘 허허허 웃었다. 언젠가 절에서

어찌다, 트로트

본 포대화상 같았다. 손가락으로 배를 꾹 찌르면 풍선 터지듯 웃음보 터뜨리는 포대화상. 50점짜리 성적표를 봐도 웃었다. 친구 장난에 찢어진 점퍼를 봐도 웃음소리를 냈다. 제주도 천지연 폭포에서 소리공부를 할 때, 새벽 폭포 떨어지는 물소리가 아버지 웃음소리와 비슷하다는 생각을 한 적이 있었다.

그립다.

언제부터인지 기억이 확실하지 않다. 아버지가 너털웃음을 멈춘 게 기중기 사고 전인지 후인지도 아리송하다. 「흥부가」 공연 끝나고 하동국 아저씨가 사라진 뒤라고 어머니는 말씀하셨다. 어머니의 기억으로는 아버지의 웃음소리가 사라진 시기와 수오당 할아버지가 솟을대문을 걸어 잠근 시기가 비슷하다는 것이었다. 공연이 끝난 뒤 신문기자, 방송기자, 국악 관계자들이 수오당을 찾아왔다고 한다. 미리 전화나 메일을 보내고 왔을 것임에도 할아버지는 문을 열어주지 않으셨다고 한다. 할아버지는 아예 바깥출입을 하지 않으셨고, 어머니까지 사랑방의 눈치를 보셨다고 하는데, 선재는 아니었다.

'난 할아버지 하나도 안 무서워.'

아기 때부터 선재는 할아버지의 무릎에서 살았다. 흥얼흥얼 노래하는 할아버지 품에 안겨서 행랑채, 바깥채, 별당을 돌아다녔다. 초등학교 때는 복숭아밭 옆 개울에서 할아버지랑 돌 밑을 뒤지며 가재를 잡았다. 제일 잊지 못할 기억은 연못에서 연밥 딸 때였다. 작은 쪽배에 둘이 타고서 쟁반만 한 연잎들 사이를 헤치며 벌집처럼 생긴 연밥을 따는 게 제일 재밌었다. 붉은 노을을 얼굴 가득 받으면서 부르는 할아버지의 노래.

맑은 가을호수 옥처럼 새파란데
연꽃 무성한 곳에 나무배가 있구나
물 건너 임을 만나 연밥 따서 드리네
혹시 누가 보았을까, 반나절이 부끄러워

「채련가(연밥 따는 노래)」

어제 아버지와 영상 통화를 했다. 처음에는 안 받아서 끊었다. 점심 무렵, 무대복 차림으로 쌤의 부름을 기다리는데 전화가 왔다. 작업복 위에 주황색 안전띠를 멘 아버지의 모습이 반갑기보다는 낯설고 피곤해 보였다. 지난번에는 기중기로 옮기던 돌이 떨어지는 바람에 돌조각에 맞아 엄지발가락이 뭉개졌다고 했다. 오랜만에 보는데도 웃음이 나오지 않았다.

"어, 아부지, 왜 사장님이 일을 해요. 위험한 작업장에서……. 다 아랫사람 시켜서 한다고, 사무실에서 컴퓨터만 두들긴다고 자랑하시더니, 아니잖아요."

아버지의 뒤로 돌먼지가 뿌옇게 보였다. 노란색 기중기와 트럭도 어렴풋이 보였다. 이번에 독일에서 수입했다는 50톤짜리

　　　　　　　　　　　　　　　　어쩌다, 트로트

대형 덤프트럭인가 보다, 선재는 짐작했다. 사진으로는 그냥 노란 장난감 자동차던데, 5억이라니!

"아부지. 저 이번에 쌤 「심청가」 발표회에 출연해요. 완창이네 시간이라 지루하니까 중간에 창극을 넣는대요. 빛나 누나가 맡아서 짰는데 엄청 웃겨요. 제가 심 봉사, 아라가 심청이, 빛나 누나가 뺑덕어멈인데, 빛나 누나 진짜 웃겨요. 요가복 입은 뺑덕어멈은 역사상 처음이라고 모두들 난리예요. 요가복 아시지요? 레깅스, 몸에 짝 달라붙는 운동복이에요."

"그런 걸 입고 「심청가」를 부른단 말이니? 아니, 선생님이 허락하셔?"

"처음에는 굉장히 놀라셨어요. 지금은 좀 두고 보자, 이러시는 것 같아요. 일단 창극은 맡겼으니까 참견하지 않겠다, 이게 쌤의 마음인가 봐요. 가만히 보니까 쌤은 빛나 누나 광팬이더라구요. 판소리는 그냥 그렇지만 민요 잘 부르고 북은 귀신이니까 엄청 예뻐하세요. 그런데 누나, 요즘 너무 튀어요. 글쎄, 창극에 재즈 밴드가 말이나 돼요? 한복 입고 국악 반주로 노래하는 국악 뮤지컬은 이 시대 트렌드가 아니래요. 누나는 현대판 뺑덕어멈이라나요. 딸 팔아서 목돈 쥔 심 봉사 등치고 밤도망 가는 뺑덕이……."

"재즈 밴드라구?"

"네, 아부지, 구경 오실 거지요? 제 걱정 마시고요, 제발 돌 좀 조심하세요. 지난번 사고 때 얼마나 놀랐는지 지금도 가끔 돌에 눌려서 숨 못 쉬는 꿈을 꾼다니까요. 아휴, 생각만 해도 소름!"

"알았어, 할락궁이. 아부지 바쁘다. 대리석 붐인지 난리다. 지하철, 박물관 벽에 붙일 대리석 달라고 사방에서 난리라고. 끊는다. 빠빠이."

선재가 웃어 보이려는데 돌먼지가 사라지고 핸드폰이 까매졌다.

'오늘 아주 귀한 손님이 오신대요. 아부지 친구분 있잖아요. 하동국 선생님, 그분 부인과 아들이 오신다고. 그래서 저 오늘 소리해요. 심 봉사 갓난아기 어르는 대목이요.'

미처 말하지 못했다.

"어쩌다……."

"……."

"황제에게 벼슬을 받은 국창 하승백의 증손자가 술집 젓가락 장단에 놀아나는 뽕짝, 천박한 트로트를 부르다니. 박 선생님, 어떻게 외아들을 이렇게 키우셨습니까? 동국이가 살아 있다면……. 정말 기가 막히네요. 섭섭합니다."

섭섭합니다.

쌤은 한 번 더 말망치질하고 북을 엎어놓으셨다. 끝났으니 다 나가라는 뜻이었다. 잠시 뒤 형의 어머니가 고개를 드셨다. 플라스틱 안대에 수증기가 차서 뿌옇게 보였다.

"섭섭하시다구요. 섭섭……. 명창 조은필 선생님께서 그렇게 섭섭해하시니, 저로서는 좀 억울하네요. 언제, 누가, 우리를 보살펴준 적이 있나요? 제가 핏덩이와 길거리 나앉았을 때, 절친의 외아들이라고 우유 한 통 사준 적 있으세요? 방 한 칸만 내달라고 부끄러움 무릅쓰고 찾아간 우리 모자에게 문도 안 열어준 사람이 운경……."

어머니의 목소리가 꽉 잠겨서 들릴 듯 말 듯했다. 형이 어머니의 블라우스를 잡아당기는 게 보였다.

"구질구질하게 매달리지 말고 가자. 판소리 안 배우면 죽어? 여기밖에 배울 데가 없어?"

"놔. 쫓겨나더라도 할 말은 해야지."

모자의 실랑이가 보였다. 형이 심하게 잡아당기는 바람에 분홍 블라우스에 날카로운 주름이 생겼다. 그 바람에 브래지어의 선이 그대로 드러났다. 살 없는 등골선이 선뜩했다. 뚱보 형, 갈비 어머니.

"다 옛이야기, 쓸데없지요. 하승백의 아들 하방울, 하방울의 아들 하동국, 하동국의 아들 하지수……. 그게 어떻다는 말인가요. 이제 와서 떠난 사람 타령하면 뭐 하냐구요. 다 잊었어요. 우리 두 목숨, 죽을 등 살 등 이 악물고 살다 보니 그렇게 독한 감정도 다 날아가더군요."

"······."

"저, 뒤돌아보지 않아요. 앞만 보며 살아요. 그러니까 이렇게 스승님을 찾아온 거지요. 더 늦으면 애를 또랑광대 만들겠다 싶어서요. 이제라도 제대로 가르쳐주세요. 여기 이 아이들처럼 지도해주세요."

쌤은 아무 말 없이 벽에 걸린 족자와 분홍 액자 속 사진을 번갈아 쳐다보셨다. 쌤이야말로 길을 잃고서 1500년 전의 신라 밤거리를 헤매시는 듯했다.

一切唯心造일체유심조 : 모두가 마음먹기 나름이다

쌤은 이윽고 고개를 돌려서 어머니 등에 붙은 지수 형을 쳐다보셨다. 분노랄까, 슬픔 같은 게 쌤의 얼굴에서 마구 뿜어져 나왔다. 눈 둘 곳을 몰라 하는 지수 형이 불쌍해 보였다. 동물의 왕국에 나오는 사냥꾼 덫에 갇힌 곰 같았다. 몸부림칠수록 조여드는 덫.

'형이 뭐 잘못했나? 노래를 멋지게 부르고도 나쁜 짓한 사람 취급을 당하다니 불공평해. 무슨 짓이든 노래만 잘하면 다 용서가 된다고 쌤이 늘 말씀하셨으면서. 형이 불쌍해. 덩치만 크지, 아기 곰처럼 착해 보이는데. 마카롱을 어머니 입에 먼저 넣어주잖아. 목마를까 봐 물도 드리고. 정말 좋은 형 같아. 나쁜 냄새

어쩌다, 트로트

가 안 나. 술 담배도 안 하는 게 분명해.'

혼자 머리를 주억거리면서 선재는 다시 형의 얼굴을 찬찬히 보았다. 어머니의 등 뒤에 앉아서 입을 살짝 벌린 모습이 딱해 보였다. 소리공방에 처음 온 사람들은 누구나 쌤 앞에서 주눅들어 했다. 그런데 형과 형의 어머니는 무슨 큰 잘못을 저지른 사람처럼 더 쩔쩔매는 듯했다.

'쌤, 심하시다. 처음 온 분들을 이렇게 힘들게 하시다니. 옛날에 무슨 일이 있었는지는 몰라도 이건 큰 실례야. 쌤이 이러실 분이 아닌데, 오늘 좀 이상하시다.'

선재는 마카롱을 집어서 형에게 권할까 생각했다. 누구든 이 무거운 분위기를 깨야 하는데, 쌤은 체면상 안 나서실 듯해서였다. 손을 움직이려는데 쌤의 목소리가 들렸다. 걸걸하고 묵직한 음성이 이렇게 반갑기는 처음이었다.

"알겠습니다, 박 선생님. 지수를 지도해보지요."

"아유, 감사합니다. 꼭 해주실 줄 알았어요. 가방이랑 뭐랑 다 싸왔거든요. 그럼 스승님, 계좌번호 좀 종이에 써주세요. 제가 수업료는 못 드려도 애 밥값은 낼게요. 제가 큰 빚만 끄면 수업료도 뭉칫돈으로 팍팍, 아무튼 큰 글씨로 부탁해요. 어리어리해서 문자, 카톡을 잘 못 본답니다."

"아, 됐습니다. 여기는 사부님이 판소리 영재를 기르는 소리공방입니다. 든든한 후원자도 있구요. 그런 건 신경 쓰지 마시고, 어서 눈이나 회복하시기를."

형의 어머니는 끝내 종이를 얻지 못하고 방을 나서셨다. 형은 어머니를 업고 계단을 내려가서 대기 중인 택시에 태워주었다.

"1동이요. 안양 천사연립주택 1동 현관문 앞에 내려주세요. 엄마가 눈이 아프셔서요. 꼭 부탁드립니다, 기사님."

형은 택시 기사에게 몇 번이나 어머니를 부탁했다. 어머니의 핸드폰에 카카오 내비게이션을 켜놓고도 불안한지, 떠나는 택시의 뒤에서 번호판 사진까지 찍었다. 택시가 떠난 뒤 오래도록 형은 그 자리에 붙박여 있었다. 아직도 어머니를 등에 업고 신라의 달빛 아래 서 있는 듯 두 눈에 눈물이 그렁했다.

"니 방은 어디야?"

캐리어를 침대 위에 던져놓고 형이 묻는다. 구린 방이지만 에어컨이 있으니까 그냥 쓰기로 마음먹은 모양이다.

"옆방. 둘이 써."

"그래?"

"나, 가끔 이 방 놀러 와도 돼, 형?"

"왜?"

"더울 때만 놀러올게, 형. 내 방은 쪄 죽어."

대답 대신 형은 캐리어의 지퍼를 연다.

우와!

막대 사탕 한 뭉텅이, 짱구 몇 봉지, 마카롱이 가득 든 유리병. 깃에 스팽글을 붙인 무대용 양복도 두 벌이나 있다. 한복은 안 보인다.

"너 말이야, 이선재."

"응? 뭐, 형."

"내가 니 형이야?"

말문이 막힌다.

아라는 밖에서 기다리고 있다가 지수 형이 방을 나오자마자 "야, 하찌수, 나 말 튼다. 나이도 같은데 몇 달 먼저 났다고 오빠 동생 하기 싫어." 하고 말을 텄다. 아라는 그새 흰 반팔 개량 한복 차림으로 변신했다. 선재도 얼른 개량 한복으로 갈아입고 둘을 따라다녔다. 아라와 둘이서 연습실, 강당, 식당, 샤워실을 형에게 안내했다. 아라는 자연스럽게 반말을 했다. 하지만 선재는 그러고 싶지 않았다. 고등학생 형들은 다 무서웠다. 또래 아이들은 너무 유치했다. 나이를 떠나서 무엇보다도 필이 통하지 않았다. 그러나 지수 형은 달랐다. 필이 통할 것 같았다.

'필통'이 중요해.

몇 달 먼저 나서가 아니라 지수 형에게는 형다운 어떤 것이 있었다. 선재가 아는 고등학생 형들은 모두 흥부를 잡아먹지 못해 안달하는 놀부 같았다. 쓸데없이 으스댔다. 이유 없이 건드렸다. 당연하다는 듯 잔심부름을 시켰다. 칭찬만 좋아하고, 실수를 지적하면 도사견처럼 으르렁댔다. 땀 냄새, 술 냄새, 담배 냄새는 고등학생만의 특징 같았다. 그런데 지수 형에게는 좋은 보디 워시 냄새가 났다.

우정 반지

선재

"내가 니 형이냐구."

'형은 곰, 곰돌이 같아. 부드럽고 향긋해. 3,500만 원짜리 곰돌이 소파. 소파에 길게 누운 흰 곰돌이. 형 같은 거인이 열 명 기대어도 끄떡없는 대형 곰돌이.'

그러나 생각은 생각일 뿐 말로 바뀌지 않는다. 선재는 자기도 모르게 더듬거렸다.

"혀, 형이라고……. 생일이 며칠, 아니 몇 달 빠르다고……. 형 도우미 잘하라고 쌤이 그러서서 난 그냥 혀, 형이라고 부르는 건데."

"어이 상실이네. 넌 존심도 없니? 같은 나이에 뭔 형이야. 그냥 지수라고 불러, 선재야."

이 필통을 어떻게 연결하나, 선재는 궁리한다. 필이 통해도 한쪽이 친구이기를 원하면 친구해야 한다. 형보다 친구가 당근 좋다. 형 같은 친구니까 더욱 좋다.

"어, 그래, 형. 아니 지수 형. 지수."

그제야 형은 레이저 검 같은 눈빛을 거두고 빙긋 웃는다. 진짜 아기 곰이다.

"야, 여기 노래방 어디 있니? 게임방은 가깝니? 킥보드는 어디서 타니?"

궁금한 게 많나 보다. 한꺼번에 질문을 쏟으면서 짱구 봉지를 뜯는다. 한 주먹을 집어서 입에다 넣는다. 배고팠나 보다. 짱구, 열 손가락에 끼고 하나씩 빼먹으면 재밌지. 먹고 싶다. 그러나 친구 지수는 과자를 나누어 먹을 생각이 전혀 없어 보인다. 그래도 선재는 자꾸 실실 웃는다. 만화 영화 속의 짱구처럼 먹는 모습을 보는 것만으로도 기분이 좋다.

형. 지수 형. 형 말고 지수. 어머니는 찌수라고 부르던데, 아라는 찌질이 뚱수라고 귓속말하던데. 지수~ 아름다운 이름이다. 이름만 불러도 어떤 맑고 고운 노래가 술술 나올 듯하다.

패션 감각도 짱이다. 스판 청바지, 네이비 후드 티, 그 속의 검정 티가 깔끔하게 빛나 보인다. 캉골, 고급진 검정색~ 등판의 화려한 무늬가 보고 싶다.

컥컥!

선재가 물병을 건네자 지수는 입가로 줄줄 흘리면서 마신다.

500밀리리터 물 한 병을 다 비운다.

"궁금한 게 있어."

"응?"

말을 잇지 않고 뜸이 길어지자 선재는 긴장한다. 새 물병을 건네니까 지수는 받고서 물병의 라벨을 읽는다. 궁금한 게 뭔지 되묻고 싶지만 선재는 기다린다. 대답하기 어려운 것일 수도 있고, 절대 대답하면 안 되는 것일 수도 있다. 뭐든 거짓말이나 변명은 하지 말자고 다짐한다.

"아저씨, 아니, 선생님 방에, 족자 옆에 있는 액자 사진. 일체유심조 옆에 걸린 분홍 나무틀 속 사진 말이야."

봤구나. 숨을 훅 들이쉰 다음 천천히 내뱉느라 가슴이 답답하다. 선재는 망설인다. 언젠가는 알게 될 거라고 쌤도 말씀하셨다.

어제 저녁, 쌤은 선재와 아라를 부르셨다. 노트북 크기의 분홍 나무틀에 담긴 흑백 사진을 보고 계셨다.

"여기 이분이 쌤 친구 하동국 선생님 아들, 이름이 하, 뭐라더라. 걔가 내일 온단다. 한 시니까 너희는 점심 먹고 공연 준비해. 곡은 알아서 고르고."

무대 양쪽에 사람 키 높이의 볏단이 있고, 볏단을 어깨에 멘 두 남자가 서로를 마주 보는 사진이었다.

"아빠, 이거 「흥부가」 맞지요? 세종문화관 대극장 운경 판소리 발표회, 사람 많았어요?"

"그래."

"아빠가 흥부, 친구가 놀부."

"그래."

"그런데 왜 우리는 「흥부가」 안 배워요? 운경 선생님이 「흥부가」 문화재시잖아요. 그러면 제자인 아빠가 당연히 「흥부가」를 가르치셔야지, 왜 「심청가」만……."

모르는 건지, 모르는 척하는 건지 알 수 없었다. 선재가 옆구리를 찔러도 아라는 집요하게 쌤을 추궁했다. 사실 선재도 궁금했다. 쌤이 「흥부가」 전 바탕(완창, 모두 부르는 데 5시간 걸린다)을 부르는 모습은 선재도 본 적이 없었다. 유튜브에 떠도는 토막소리(어떤 한 부분만 부르는 것) 영상을 본 게 다였다. 인간문화재 5호 판소리 보유자 운경 이응화의 도끼 삼 형제(금산, 은필, 동국의 첫 글자를 딴 금은동 세 도끼) 이야기는 아버지에게 여러 번 들었다.

"네 할아버지는 제자 복이 없는 분이셨어. 친구 하방울의 아들 동국이를 제일 아끼셨는데, 일찍 떠났지. 그리고 나는 변성기 때 상청(고음)을 잃어서 고수가 되었으니, 결국 사부님 곁을 지킨 제자는 조 선생뿐이야. 하방울 국창은 하늘이 낸 소리꾼이라고, 다 진골(다른 왕족이 섞인 혈통)이고 방울이만 성골(순수한 왕족의 혈통)이라고 늘 말씀하셨어. 그래서 동국이를 잃었을 때 그 충격으로 대문을

어쩌다, 트로트

닫으신 거지. 동국이 안사람은 전화 받자마자 기절해서 장례도 같이 못 치렀어. 나중에 보니까 아들 데리고 사라졌더라. 사방팔방 찾았지만, 민요 하는 사람 아무도 은희 씨 행방을 모르더군. 참, 그때 생각하면 지금도 꿈인지 생시인지."

할아버지 사랑방에 걸린 사진을 보면서 아버지가 해주신 말씀이었다. 선재가 알기로 분홍 액자는 모두 세 개였다. 사랑방, 소리공방, 또 하나는 행방을 알 수 없었다.

"「흥부가」는 원래 「흥부가」가 아니라 「놀부가」였단다. 그리고 지금 알려진 것처럼 흥부가 착한 동생이고 놀부가 나쁜 형이 아니라, 원래 사이좋은 형제였단다."

"아, 들은 적 있어요, 아빠. 가을걷이한 볏단을 몰래 서로의 볏단더미에 갖다 놓는 형제 이야기요. 그러다가 어느 날 밤에 마주쳤고, 껴안고 울고……. 이게 그 장면이지요?"

"아무튼 내일 잘해라. 속옷까지 단정하게 챙겨 입고."

대답을 듣지 않고 쌤은 방을 나가셨다. 사실 선재는 아라가 알고 있는 것보다 조금 더 알고 있었다. 쌤이 왜 「흥부가」 전수조교이면서도 「흥부가」를 안 하시는지, 놀부 하동국 아저씨가 왜 돌아가셨는지, 고수였던 아버지가 왜 북을 놓고 돌 광산 사업을 시작하셨는지.

분홍 나무틀 속의 사진에 대하여 지수는 궁금한 게 많은가 보다. 그러나 선재는 사진 이야기를 피하고 싶다.

"사진 속 사람, 너 다 알지?"

"응."

중학생이다. 어른은 아니지만 어른 연습은 해야 한다고 선재는 마음먹는다.

"너도 알잖아."

"……안다, 안다고라?"

지수는 쌩구를 손가락에 끼기 시작한다. 길고 섬세해 보이는 피아니스트 타입의 손가락이다. 몸에 비해 팔다리가 가는 편이다. 이목구비가 뚜렷한 얼굴에 어울리는 두껍고 강한 목소리의 하지수. 작게 말해도 우렁우렁 방 안을 울린다.

"친구니까 의리상 솔직히 까란 말이야."

"내, 내가 뭐, 뭘 숨기고 마, 말고 할 게 있……나, 뭐."

또 말이 더듬더듬 나온다. 긴장하면 이게 탈이다. 무대에서 더듬지 않는 게 그나마 다행이라고 선재는 생각한다. 친구라고 해도 말만 친구지, 오늘 처음 만난 사이에 의리를 들추고 말고 할 게 없다. 다만 지수 아버지 얘기는 하고 싶지 않다고 선재는 생각한다. 침묵은 거짓말보다 낫다.

"우리 엄마 말로는……. 아, 됐다. 모르겠다. 그래, 까짓것! 앞만 보고 살자. 엄마 말대로 뒤는 돌아봐서 뭐 하냐. 알면 폭삭 망할 것 같은 이 개떡 같은 느낌은 또 뭐고."

됐다는 지수의 말에 선재는 가슴을 쓸어내리고서 에어컨 온도를 조절한다. 세면도구와 냉장고의 물을 점검한다. 인터넷 TV가 잘 나오는지 켜보고, 판소리 대본은 침대 머릿장에 올려둔다. 그리고 아까 노래 들으면서 계속 떠오른 질문을 꺼낸다.

"궁금해서 묻는 건데, 넌 왜 트로트를 좋아하게 되었어? 우리 때에는 드물잖아. 보통 재즈나 팝송이나 발라드나, 아무튼 트로트를 부르는 아이는 못 본 것 같아."

"그냥 어릴 때, 아주 어릴 때부터 엄마 따라다니면서 부르다 보니까. 난 현인 선생님 노래가 좋아. 부르다 보면 마음이 아주 편안해. 다른 건 별로야. 엄마한테 민요도 배웠지만 내 스타일은 아니야."

"민요도 배웠어? 「아리랑」, 「군밤타령」을 부를 줄 안다구?"

"그럼, 울 엄마가 민요 가수잖아. 그런데 민요는 트로트보다 감정 잡는 게 더 어려워. 이해 못 할 가사도 많고 곡조도 아주 까다로워. 죽어라 연습해도 울 엄마처럼 부드럽게 부를 수가 없더라. 그런데 트로트는……."

한참을 뜸 들이더니 지수가 선재를 빤히 보면서 배시시 웃는다. 쑥스러워서 선재는 눈길을 피한다.

"난 트로트 부를 때 기분이 좋아. 경쾌한 노래, 슬픈 노래 다 좋아. 좀 우울할 때, 기분이 엿 같을 때 혼자 코인 노래방 가서 목이 찢어져라 트로트를 불러. 트로트는 혼자 불러도 친구들과

즐겁게 어울려 부르는 느낌이 들거든. 노래 부를 때만큼은 나는 왕따가 아니야."

"왕따……라니."

이렇게 멋진 하지수가 자신을 왕따라고 생각하다니! 위로해 줄 말, 왕따가 아니라 상남자라고 쫙 박아줄 말을 고르는데 지수가 먼저 입을 연다.

"왕따가 된 느낌, 넌 잘 모를 거야. 난 정말 너무 잘 알아."

"누가, 감히 누가 널 왕따 시켜? 그냥 너 혼자만의 생각 아니야?"

"그럴 줄 알았어. 넌 잘 모를 거라고 내가 말했잖아. 왕따, 그 썰렁한, 살벌한, 개떡 같은……. 나는 그 느낌 너무 잘 알아. 우리 아빠도 텅 빈 객석을 보며 통곡하셨다고 해. 난 아빠를 용서할 수는 없지만, 이해할 수는 있어. 그리고……."

'설마! 통곡하신 뒤의 이야기를 꺼내지는 않겠지.'

선재는 지수가 그 뒷말을 잇지 않기를 기도한다. 그리곤 짐짓 가볍게 말을 돌린다.

"너, 판소리는 왜 배우러 왔어? 트로트를 그렇게 잘 부르는데. 나, 그렇게 잘 부르는 사람 직접 보기는 첨이야. 옛날 가수가 살아 돌아온 것 같아. 아라는 막 울더라. 「신라의 달밤」이 그렇게 슬픈 노래인 거 첨 알았대."

'하지만 네 목소리는 판소리에 안 어울려. 너무 매끄럽고 아

　　　　　　　　　　　　　어쩌다, 트로트

름다워. 성악의 테너에 어울리지 판소리에는 안 어울려. 판소리는 걸걸한 수리성이 바탕이거든.'

생각만 할 뿐, 선재는 입 밖에 내지 않는다. 판소리 배우러 처음 소리공방에 온 지수에게 할 말이 아니다. 더구나 전설적인 판소리 명창 하동국의 아들에게 그런 말을 할 수는 없다.

"뭐, 그래서 사람들이 나더러 트로트 신동이래. 트로트 자판기래. 현인의 부활이래. 어려서부터 그런 말 많이 들었어."

자랑에 열 올리는 지수에게 대답할 말을 찾는 선재. 그러나 적당한 말이 얼른 떠오르지 않는다. 다행히 지수가 자기 자랑에 더 열을 올린다.

"장차 트로트를 부활시킬 트로트계의 황제가 될 거라고, 어떤 유명한 심사 위원이 말씀하셨어. 작곡실로 찾아오면 곡을 주시겠다고 했는데……."

'와우! 대단해. 정말 네 목소리는 트로트에 잘 어울려. 그래도 판소리를 배우면 트로트를 더 잘 부르는 데 도움이 될 거야.'

선재가 적당한 대답을 고르는데 지수가 한숨을 길게 쉰다.

"중요한 건 그게 아니고."

"뭔데?"

"엄마. 문제는 엄마야. 엄마가 트로트를 못 하게 해. 아니, 트로트를 하려면 판소리 한바탕을 뗀 다음에 하라는 거야. 그래야 남보다 특별한 트로트 가수가 된다고. 그래서 이렇게 질질 끌려온 거야. 방송국 월말결선에 못 나가게 방방 뜨길래, 할 수 없이."

"그렇구나. 그래도 트로트 잘 불러서 부럽다."

"뭘, 너도 만만찮던데. 어허둥둥 내 딸, 어허둥둥 내 딸. 크크. 쪼끄만 애들이 뭘 안다고 내 딸이래. 크크. 그래두 너네들 엄청 잘하더라. 목소리가, 샤우팅이 장난 아니더라. 부러웠어. 나도 판소리 잘하고 싶어."

옷장 윗부분에 일정표를 붙이는데 지수가 뒤로 바짝 붙는다. 향긋한 냄새가 난다.

"뭐야?"

"소리공방 한 달 스케줄."

"새끼줄이 어떻게 되는데?"

"월화수목금, 먹고 자고 소리하고 점검하고, 먹고 자고 소리하고……. 매일 똑같아. 토요일은 강당에서 발표회하고, 일요일은 자유 시간."

"그게 다야?"

"엉. 30일에는 큰 무대가 있어. 쌤 「심청가」완창 발표회. 우리도 출연해, 들러리로."

지수가 어머니를 업고 계단 내려가는 뒤에서 쌤이 해주신 말씀을 선재는 지수에게 전하지 않는다.

"선재야, 쟤 당분간은 적응 기간이니까 알아서 살게 놔둬. 귀 동냥, 눈동냥하다 보면 뭔가 트이겠지. 소리공부는 시켜서 하는 게 아니야. 본인이 덤벼야지. 끼가 있어서 하긴 하겠다."

'알아서 사는 적응 기간' 동안 친구 노릇을 잘하면 지수는 탈락하지 않을 것이다. 꽃 냄새인가, 비누 냄새인가. 방 안에서 좋은 냄새가 난다. 고등학생 형들 방에서 나는 찌든 빨래 냄새가 아니다. 웃음이 난다.

"왜 웃어? 너 잘 웃더라. 지금이 웃을 짬이야? 비웃는 것 같아."

"에이, 비웃다니, 시력 꽝이네. 지수, 너 담배 안 하지?"

"노담. 안 해."

"그럴 줄 알았어. 술도 안 하지?"

"안 하는 게 아니라 못 하는 거야. 몸이 거부해. 그리고 술 담배, 그런 거 하면 울 엄마 난리 나. 아들 하나 있는 거 개판이라고, 너 죽고 나 죽자 그럴 거야. 물론 쇼지만."

'헐! 엄마 말씀을 쇼라니.'

대답할 말을 찾지 못하고 어정대다가 선재는 방문 쪽으로 간다. 방을 나가려는 선재를 지수가 잡는다. 새 짱구 봉지를 내밀며 겸연쩍게 웃는다.

"미안, 미안. 점심을 굶었더니 제정신이 아닌가 봐. 혼자 돼지처럼 먹었네. 아무튼 선재야, 이걸로 퉁! 됐지?"

짱구를 가슴에 안겨주고 방문을 닫으려다가 지수는 다시 문을 열고 선재를 방 안으로 끌어들인다. 본인은 작은 소리로 말하려고 애쓰는가 본데, 선재는 귀가 시끄럽다.

"아까 걔, 남친 있니?"

"누구? 아라?"

"아니, 그 북 치던 애……."

"빛나 누나? 애 아니야. 대학생이야."

"아무튼 남친 있냐고. 아, 됐어. 상관없어. 골키퍼 있다고 골이 안 들어가는 거 아니니까."

'똑같네, 똑같아. 하지수, 착한 아기 곰인 줄 알았더니 그냥 곰이네. 엉큼한 숫곰.'

남자들은 이상하다. 남자들뿐 아니라 여자들도 마찬가지다. 신입생들은 모두 안빛나를 궁금해한다. 신입생뿐 아니라 중등부, 고등부, 일반부 모두 궁금해한다. 직접 빛나 누나에게 묻지 않고 선재에게 묻는다.

"남친 있어? 원래 북쟁이야? 왜 판소리를 배운대? K대 현대무용 전공이라구? 어쩐 허리가 모래시계더라. 모듬북 장학생에다 경기민요 전수자라니, 와, 커리어 죽인다! 완전 멀티 엔터테이너 탑이네, 탑. 어디서 찍었어? 소속사가 어디냐고. LG? QM? 요즘에는 빅히트가 대세던데, 보나마나 달려올 거다. 이제라도 안 빛나 옆에 좀 붙어 다녀야겠다. 한 사람만 뜨면 그 옆의 친구들이 같이 뜨잖아. 예능 프로 휩쓸잖아. 야, 이선재. 누나 전번 좀 따자, 응?"

"직접 따세요."

말 걸 용기도 없으면서.

선재는 빛나 누나에 관해 묻는 사람들이 지저분해 보인다. 같이 판소리를 열심히 하는 것도 아니다. 북을 배우려는 것도 아니다. 춤을 배우려는 것도 아니다. 그냥 치근댄다. 땀을 흘리면서 연습하는 누나가 끝나기를 기다리고, 끝나면 달려가서 수건 건네고, 물 떠주는 따까리 노릇이 다. 말 걸어주기를 기다릴 뿐 먼저 말 한마디 걸지 못한다. 누나는 별명이 여러 개인데, 그중 하나가 '엘사'_{영화 「겨울왕국」의 언니. 통제할 수 없는 마법의 힘으로 모두를 얼린다}다. 말 건다고 대답할 엘사가 아니다.

'똑같다, 하지수. 실망이다.'

"전번 좀 주라, 선재야. 누나랑 아라랑 그리고 네 번호도."

선재는 망설인다. 그러나 뭘 팔아서라도 아기 곰을 기쁘게 해주고 싶은 게 솔직한 마음이다.

어허둥둥 내 딸 어허둥둥 내 딸
금자동이냐 은자동이냐

갑자기 지수가 노래를 부른다. 자진모리_{잦게 몰아치는 속도} 곡조로 빠르게 읊어댄다. 짱구 봉지를 아기처럼 어르며 노래를 부른다. 선재와 아라가 부르던 「심청가」 흉내다.

은하수 직녀성 달 가운데 옥토끼

댕기 끝에 꽃 매듭 옷고름에 별 자수

음정 엉망, 박자 엉망, 다 엉망이지만 랩으로 부르는 판소리 비슷하게 들린다. 가사가 토씨까지 다 맞다.

"어떻게!"

선재는 입을 다물지 못한다. 유튜브 보면서, 공연 녹화 보면서 일주일 동안 연습한 부분이다. 단 한 번 듣고 가사를 외우다니!

"형, 아니, 지수, 지수야."

"형에 굶주렸나 봐, 켈켈. 너 진짜 내 동생 하고 싶어? 나 성질 나면 동생을 샌드백처럼 칠 텐데?"

"아니, 지수."

"그래. 이름 부르는 게 편해. 나 서열 따지는 거 질색이야. 꼰 대들 흉보면서, 나도 꼰대 노릇하고 싶어지는 거 절대 하지 말 아야지 하고 도 닦는 중이야. 노래 좀 부른다고 깝죽대는 초딩 들 보면 왠지 건드려서 울리고 싶어지거든. 그러니까 너, 나 꼰 대 만들지 말고 친구 해. 먼 곳에서 친구가 찾아오니, 이 아니 기쁜가! 시조도 있잖아. 우리 15년 만에 처음 만났어. 이제 앞 으로 15년 계속 만나자. 왜 소설도 있잖아. 절친 둘이 20년 만에 만나기로 했는데, 한 사람은 경찰, 한 사람은 도망자."

"내가 경찰 할래."

어쩌다, 트로트

"아, 소설이라고 했잖아. 나도 니가 필통이야. 잘 웃어서 좋아, 웃음통 빵꾸 난 이선재, 우리 친구하자. 절친."

"절친?"

"그래, 절친."

지수는 가방을 뒤져서 뭔가를 꺼냈다. 반지 두 개다.

"이거 여친이랑 쫑나고 돌려받은 건데, 둘이 끼자. 우정 반지."

"찝찝한데. 새로 사면 되지, 헤어진 여친 반지를 나눠 낄 게 뭐야."

"야, 뭐가 찝찝해. 일체유심조, 생각하기 나름이라고 크게 써 붙였던데 말만 그런 거야? 다 뻥인 거야? 봐, 봐. 여기 여자 이름 없어, 그냥 불가리 큐빅 반지야. 비싼 거라 버리기 아까워서 갖고 다닌 건데, 우리가 끼자. 우리 이거 새로 샀다고 생각하자, 응? 선재, 착하지?"

'헐! 진짜 사람 잘 홀린다.'

선재는 할 수 없이 웃으면서 반지를 받아 왼손 무명지에 낀다. 꽉 낀다.

'우정 반지. 이제 나도 절친 있다. 하지수. 아부지, 나 절친 생겼어!'

빨리 자랑하고 싶다.

"야, 절친, 나 판소리 좀 가르쳐주라. 그러면 내가 트로트 가르쳐줄게."

"좋아. 아는 대로 다 가르쳐줄게. 그런데 트로트는 가르쳐주지 마. 나도 배우고 싶지만 쌤이 싫어하셔. 허락 안 하실 거야."

"이런 빙신! 뭘 허락 받아. 몰래, 우리 둘이 몰래, 뭐든지 몰래가 더 재밌는 거야. 켈켈."

어쩌다, 트로트

응원단장

•••
지수

'선재는 어디 간 거야?'

방금도 옆에 있었다. 물병 벌컥벌컥, 화장실 들락날락, 출연자용 김밥을 아구아구 쑤셔 넣던 입 큰 놈, 놈이 없다.

'지가 공연하나, 스트레스를 지가 다 받고 그래. 웃기는 짬짜면이네.'

그 짬짜면도 없으니까 플라스틱 안대 낀 엄마처럼 눈앞이 흐리다. 분명 같이 밴을 타고 왔다. 헤어숍도 같이 갔고, 의상실도 같이 갔고, 리허설 때도 붙어 다녔다. 그런데 리허설을 끝내고 무대를 나오니까 놈이 없었다. 분장실의 TV 화면은 무대 장치와 조명과 음향 기사들이 세팅을 체크하느라 소란했다. 리허설 때 생긴 문제들을 미리 잡지 않으면 본 공연 시간이 한없이 늘어질 터였다.

'폰은 왜 뺏고 난리야. 연습도 못 하게시리!'

열네 명이 리허설 하는데, 아침 10시부터 4시까지 꼬박 여섯 시간 걸렸다. 3분짜리 노래를 부르려고 열 시간을 대기했으니 모두들 제정신 같지가 않았다. 조명 구멍에 발이 빠진 가수, 춤추다가 가발이 벗겨진 가수, 무대 앞 흘러가는 화면의 가사를 놓친 가수, 생음악 반주에 맞추느라 혼이 빠진 가수, 무대에 익숙하지 않은 초보들 때문에 모든 스태프가 고성을 질러댔다. 비보이 경연장을 옮겨온 듯했다. 본 공연까지 남은 시간은 한 시간 반 남짓.

'이 어리바리는 대체 어디로 튄 거야.'

매니저가 부를 때까지 지수는 분장실에 박혀서 화면으로 무대를 지켜보았다. 거의 모든 가수가 단번에 끝나지 않고 두 번, 세 번 악단 반주를 맞추니 구경하다가 진이 빠졌다.

황성 옛터에 밤이 되니

달빛만 고요해

옛 터의 서러움을

말하여 주노라

「황성 옛터」

지수는 엄마가 제일 좋아하는 노래, 「황성 옛터」를 불렀다. 굵은 음성과 느린 몸짓에다 눈물만 살짝 비쳐도 사람들은 금방 빨려 들어왔다. 옛 서울의 밤을 찾아가서 잡초 우거지고 허물어진 성터를 거닐었다. 마음을 다하여 노래를 부르다 보면 진짜 옛터의 풀벌레 소리가 들리는 듯했다. 엄마가 객석 왼쪽 앞에서 손깃발_{핸드폰에 출연 가수 이름을 써서 높이 들고서 좌우로 움직이는 것}을 좌우로 흔드는 게 보였다. 오늘은 분홍 블라우스가 잘 어울려 보였다. 노래가 끝나자 엄마는 만세를 부르며 몸뚱이를 위아래로 격하게 움직여서 관객의 반응을 이끌어냈다.

"와, 휘익! 앙코르, 앙코르! 트로트계의 황태자 하지수!"

환호 소리만으로 점수를 매긴다면 단연 1등이고, 대상이었다. 리허설이 끝난 뒤 지수는 분장실로 달려왔다. 매니저가 잘했다며 등을 두들겨주었다. 공동 매니저_{두 사람 이상을 한 매니저가 관리하는 것}인데, 피하고 싶었다. 곰과 조련사. 관리 받는 느낌이 썩 좋지 않았다.

어땠냐.

실수 없이 단 한 번에 끝낸 기분을 자랑하고 싶어서 달려왔는데 선재가 없었다.

"지수, 파이팅!"

방금 무대 나가기 직전에도 무대 커튼 옆에서 주먹을 불끈 쥐어보이던 놈이 안 보였다.

'어디 가서 게임하나?'

지수 혼자 내버려두고 어디 가서 놀 놈은 아니었다. 나눠 끼 웠던 우정 반지 덕인지, 소리공방에서 놈은 거의 두목을 모시는 똘마니처럼 굴었다. 밥은 잘 먹나, 잠은 잘 자나, 방은 시원한가, 늘 체크했다.

지수도 선재를 따라다녔다. 새벽, 삼청동 총리공관 뒤의 너럭 바위에 앉아서 소나무를 두드리며 판소리하는 선재를 지켜보 았다. 아침밥 먹고 난 뒤에는 연습실에서 쌤에게 판소리 배우는 광경을 지켜보았다. 아, 아, 지수도 목을 풀고 싶었지만, 쌤은 시 켜주지 않았다.

'뭐야, 투명인간 취급이잖아.'

그러나 불만을 털어놓지는 않았다. 판소리는 트로트보다 어 려웠다. 들을수록 어려워서 시청각 교육 받는 것만으로도 힘들 었다. 낯선 성대 활용, 낯선 곡조, 낯선 가사를 듣는 것도 참을 성이 필요했다.

토요일에는 강당에서 발표회를 했다. 소리공방 연습생 30여 명이 모두 한 사람씩 무대에 올라가서 판소리를 했다. 독창 무 대가 전부 끝난 뒤에는 쌤이 한 사람씩 평가를 했다. 빛나 누나 는 가끔 한 번씩 나타났다. 목소리가 가늘어서 판소리에 어울리 지 않았다. 심청이 아버지 만나는 장면을 코맹맹이 민요조로 부 르는 게 이상했다. 북이나 치는 게 나을 것 같았다.

'여기서도 투명인간이군.'

사실 아무도 시키지 않는 게 다행이었다. 혼자 무대에 올라가서 트로트를 부를 자신이 없었다. 반주 없이는 더더욱 부를 수 없을 터였다.

「이별의 부산 정거장」, 「황혼 블루스」, 「안동역 앞에서」…… 부를 분위기가 아니었다. 몇천 년의 역사가 있다는 판소리 앞에서, 쿵짝쿵짝 쿵짜자 쿵짝.

부르고 싶지 않았다. 부르는 순간 진짜 술집 뽕짝 가수로 굴러 떨어질 것 같은 기분이었다.

트로트Trot.

미국의 춤곡인 폭스트로트Foxtrot에서 시작된 이름이다. 1920년 무렵부터 일본 유행가 엔카의 댄스 리듬이 한국의 남도 민요와 만나서 한국 특유의 가요가 생겼다고 배웠다.

'시키면 거절해야지. 트로트 가수의 품위를 지켜야지.'

혹시 시킬까 봐 지수는 혼자 다짐했다. 점심 먹고 난 뒤에는 자유 시간이었다. 선재는 창극 연습이 있다며 어디론가 가버렸다. 비로소 트로트를 연습할 수 있었다. 방음벽이어서 소리 지르기 맞춤이었다. 춤추기에는 턱없이 좁지만 상관없었다. 흘러간 옛 노래들 대부분은 율동이 적을수록 노래에 집중하는 특징이 있으므로 별 문제 되지 않았다. 아이패드 영상을 보며 무선 이어폰으로 유명 가수들을 흉내 냈다.

"아드을……."

분장실 문이 열리고 엄마가 얼굴을 들이민다. 그 얼굴이 내심 반갑다.

"여기 들어오면 안 돼, 엄마."

건성으로 말리는 척했다. 선재가 없는 지금, 사실은 꼭 누군 가가 필요하다. 리허설 뒷담화랄까, 칭찬이 목마르다. 남자 출연자 대기실을 두리번두리번 둘러보며 엄마가 들어왔다. 플라스틱 안대를 떼니까 미스코리아의 폼이 살아난다. 분홍 블라우스, 남색 시폰 롱 플레어스커트에 출연자들의 시선이 모인다.

"아줌마, 여긴 남자 분장실이에요. 뭐 보러 들어와요?"

한 아저씨가 한마디 하자 와그르르 웃음이 쏟아진다. 모두들 긴장과 기다림으로 말라죽을 판이다. 지루하고 심심하고 지겨운 건 똑같다. 모두들 엄마만 본다. 자세히 본다. 분홍 블라우스, 남색 스커트가 위아래로 따로 노는 걸 본다. 엄마의 씰룩이는 걸음새를 희귀 동물 구경하듯 구경한다. 그러나 그런 시선 따위에 주눅들 엄마가 아니다.

"아, 에. 오우, 안녕하세요, 선생님."

미인계와 치매계_{잘 못 알아들은 척, 치매 걸린 환자인 척하는 것}를 한꺼번에 쓰며 엄마는 지수 곁으로 온다. 와그르르 사람들이 다시 웃는다.

"정말 잘하더라, 아들. 사람들 아주 껌벅 죽던데 앙코르 소리 못 들었어? 경연 대회에서 앙코르라니, 엄마 기분 째지더라."

"나가, 엄마. 얼른."

"엄마, 아들 기 살리러 왔어. 이거 봐라. 돈이다, 돈."

핸드폰 카톡을 열어서 보여준다. 카카오 페이, 000,000……. 헉, 소리 나는 숫자다.

"오늘 엄마가 응원단장이야. 바람잡이라구. 아까 가수들 노래할 때 엄마가 앞에 나가서 관객들이랑 좀 놀아줬지. 박수 치고 소리 질러 바람 잡았더니 스태프들이 금방 나를 잡더라. 내가 누구냐. 밀당 좀 했지. 카카오 페이로 먼저 송금하라고. 끝난 뒤 튀면 내가 어디 가서 받아내겠냐. 뭐든 선불이 확실하지."

"와우, 우리 엄마 대단해, 진짜 능력자네."

엄마가 지수 귀를 잡아당긴다. 머리 망가진다고 질색하려는데, 재빠르게 속삭인다.

"내가 누구냐. 너, 나 알지? 가수들 노래 잘하고 못하고는 관객 반응에 달렸잖아. 이제 내가 다 쥐고 논다. 넌 그저 노래에만 집중해. 다른 사람 노래할 때 내가 분위기 다운 시키고, 너 할 때는 업 시킬게. 물론 귀신도 모르지. 표시 안 나게."

"에이, 엄마답지 않게, 무슨! 그냥 다, 노래마다 분위기 팡팡 띄워줘. 다 내 친구들, 선후배들이잖아. 자주 보니까 다 가족 같아. 다 잘 해줘, 엄마. 금나래 응원단장님."

옆 사람들이 듣도록 지수는 목소리를 약간 높인다.

"와우, 응원단장님 부탁합니다아!"

사람들이 몰려든다. 턱시도를 빼입고, 화장한 얼굴들이 모두 개그 프로그램에 나오는 출연자들 같다.

정소연, 민한별, 전태명, 이진욱……

저마다 노래에 특색이 있다. 저마다 열심히 연습이다. 지난 세 달 동안 김밥 먹으면서 지역 예선, 지역 본선, 서울 예선을 치르다 보니 이제는 모두 절친이다. 같이 전국노래자랑을 통과해서 '미스터 트롯'에 도전하기로 맹세한 사이다.

말이 돼, 경쟁자끼리? 맹세는 깨자고 있는 것이라고? 아무튼 아무 맹세나 하자고. 맹세는 죄가 아니잖아.

다들 아무 말이나 뱉고 낄낄 웃는 사이가 되었다. 지루하니까.

듀엣, 트리오, 팝송, 노래 바꿔 부르기, 태권도 백댄스, 절도 칼군무……

PD들은 늘 새로운 것을 요구했다. 트로트가 아니어도 상관없었다. 매니저들, 소속사 직원들은 한 술 더 떴다. 특이한 무대의상, 특이한 분장, 특이한 모션, 특이한 노래를 요구했다. 오랫동안 불려온 옛 노래들이 편곡자들에 의해 거듭났다. 거지들이 부르던 「품바」도 명곡처럼 불렀다. 판소리와 민요도 록음악처럼 귀에 익숙한 곡조로 바뀌었다.

트로트, 민요, 판소리, 록, 발라드, 오페라, 재즈……

시청률이 위로 움직이면 유명 스폰서가 붙었다. 방송 분량을

어쩌다, 트로트

가성비 높게 뽑아내려는 예능 PD끼리의 경쟁이 붙었다. 가수들은 선봉대였다. 무임금이라도 좋으니 살아남아야 했고, 그러려면 남보다 튀어야 했다. 요구 조건이 까다로워지고 연습 강도가 세지니까 탈락자가 늘어갔다. 출연자 이름 쓴 전광판, 플랜카드, 손전등, 풍선이 등장했다. 가수들은 친인척을 끌어다 박수 부대를 만들었다. 인력 시장에서 관광버스로 관객을 사오는 가수 지망생도 있었다.

일단 뜨자. 주변 돈을 다 쓸어다 부어도 일단 뜨기만 하면 로또, 대박이다. 뜨면 갚는 건 순식간이다.

모두들 그렇게 생각하는 눈치였다. 출연자뿐이 아니었다. 반말 반, 욕 반인 PD와 AD, 외주 카메라 팀, 음향 팀, 소품 팀, 조명 팀도 동조하는 것 같았다. 시청률 뜨면 모두 같이 몸값이 뜨고, 그러면……

'그러면? 계약 조건이 달라지겠지. 그런데 나는 왜 이 아사리판_{질서 없이 어지러운 판}에 있을까?'

지수도 알 수 없었다. 아주 까마득한 옛날부터 그저 엄마를 따라 다녔을 뿐이었다. 엄마 손을 놓칠까 봐, 엄마가 어디로 가버릴까 봐, 마이크 잡고 노래하는 엄마의 한복치마 속에 숨어 있었다. 그러다가 언제부턴가 엄마의 노래를 따라 부르기 시작했다. 엄마가 부르는 노래는 다 부를 수 있었다. 트로트는 물론 민요와 팝송까지 잔칫집에 어울리는 노래들은 모두 지수의 레

퍼토리가 되었다.

어느 날 노래하다가 지친 엄마가 마이크를 주었다.

"뱃속에 거지가 납셨어. 아들, 네가 좀 부를래? 엄마 밥 먹을 동안만."

지수는 냉큼 마이크를 받았다. 마치 오래전부터 기다렸던 것처럼 마이크를 입술에 붙이고 노래하기 시작했다. 목소리가 마이크를 통해 홀 가득 울려 퍼졌다. 노래에 따라 사람들이 같이 박수를 쳐주었다. 온몸에 소름이 돋는 느낌이었다. 그 첫 느낌이 지금의 지수를 아사리판에 붙잡아둔 것 아닐까.

"아이가 대단해. 음악 천재야, 천재. 현인 선생님이 살아서 돌아오신 것 같아."

"아이가 무슨 뽕짝이야. 동요나 부르지."

누가 뭐라든 지수는 트로트가 좋았다. 쿵짝쿵짝 전주곡이 나오면 몸이 먼저 곡조의 파도를 탔다. 가끔 엄마를 따라서 민요를 부르기도 했지만 대부분 트로트를 불렀다. 현인 선생님 같은 유명한 트로트 가수를 꿈꾸었다.

"타고난 미성이에요. 굵고 매끄러운 목소리가 아주 좋습니다. 성악을 시키면 성공하겠어요."

누군가가 말하면 엄마는 입 안 가득 미소를 머금었다. 미소가 터지지 않도록 조심조심 입을 열었다.

"아빠를 닮아서요. 목소리가 아빠를 빼닮아서 명품이지요. 애 아빠가 누군지 아시면 깜짝 놀라실 거예요. 국창 하방울 선생님의 독자, 하 동 자, 국 자. 요절한 천재 명창 하동국! 놀라셨죠? 그러실 줄 알았다니까요, 호호."

올 에이

. . . .

지수

갑자기 문 밖에서 어수선한 발소리가 나고 이어 문이 벌컥 열린다.

"모두 일렬횡대로 서. 아, 김 씨, 횡대 몰라? 옆으로 쭈욱 서라구!"

공동 매니저의 윗사람으로 보이는 사람이 뛰어 들어온다. 왕매니저, 떡대의 몸짓에 따라 공동 매니저가 급히 지수 쪽으로 온다. 미적대는 지수 앞 사람의 멱살을 잡아서 일으킨다. 중학교 2학년 경준이다. 「네 박자」를 멋들어지게 부르던 아이.

네가 기쁠 때

내가 슬플 때

누구나 부르는 노래

어쩌다, 트로트

쿵짝쿵짝 쿵짜자 쿵짝 네 박자 속에

사랑도 있고 이별도 있고 눈물도 있네

「네 박자」

엄마가 간식을 가져오면 꼭 지수에게 나눠주던 아이. 화장독
때문에 피부가 군데군데 허옇게 벗겨진 경준이의 얼굴이 목덜
미까지 벌게지는 걸 보니 오기가 작동한다.

매니저가 어영부영하는 이들에게 정강이 차는 시늉을 한다.
덩치도 크고 목소리도 큰 떡대가 눈알에 독가스만 찬 듯하다.
지수는 뭉그적뭉그적 버틴다.

'개뿔! 지들이 날 어쩌겠어. 대상감인데. 내가 상을 타야 지들
도 생기는 게 있을 거 아냐!'

어느새 출연자들이 다 한 줄로 섰다. 초등학교 3학년 윤상군,
카메라 공포증으로 고생하는 민진진, 올해 육순이라는 김 씨 아
저씨까지 일렬 차렷 자세다.

'이게 뭔 시추에이션이야. 다, 다, 완전 쫄았네. 하긴 한국 체
대보단 낫지? 얼굴에 라면 붓고, 식칼 집어 던진다는 핸드볼 팀
보다는 덜 썩은 것 같아.'

의자에서 엉거주춤 지수가 개기니까 세 남자가 다가온다.

"뭐야, 이놈은!"

"일어나는 중입니다. 제가 치질이 심해서요."

공손히 말하고서 지수는 얼른 일어나서 경준이 옆으로 선다. 세 남자 때문이 아니라 세 남자의 뒤에 선 땅딸보 때문이다.

땅딸보 성신유. 전직 발라드 가수, QM 엔터테인먼트 대표. 할리우드에 지사가 있고, 수영장 딸린 펜트하우스가 LA에 있다던가.

지수는 지역 예선 통과하고 지역 본선에서 처음 매니저를 만났다. 대표가 아니고, 그 밑 사장이 아니고, 팀장이나 왕 매니저가 아니고, 왕 매니저가 거느린 수십 명 매니저 가운데 한 매니저를 만났다. 공동 매니저인데도 매니저는 QM 대표나 되는 듯 갑질을 했다. 집 앞에 차를 댈 수 있음에도, 마을회관 앞에 댔다.

'집이 연립이면 사람도 연립인 줄 아냐, 이 개떡아. 골목 들어오다가 밴 긁힐까 봐 그러는 거 다 알아.'

속이 꼬였지만, 성질대로 했다가 일이 꼬이면 인생도 꼬일 수도 있다는 걸 지수는 알고 있었다. 놈은 엄마에게 얼음물을 준비하라 시켰다. 주유소에서는 엄마가 기름값 계산하기를 기다렸다. 회사에서 내주는 의상의 세탁비도 엄마에게 부담시켰다.

"매니저가 아니라 그냥 상전이다, 큰 상전. 참을 인 세 번으로는 어림 반푼도 없다. 너 빨리 유명 가수 돼서 전속 매니저 둬라. 진짜 무섭고 드럽다."

김밥 10인분을 싸면서 엄마가 툴툴댄 적도 있었다.

더 황당한 적도 있었다. 출연자를 태운 버스가 휴게소에 들렀을 때였다. 출발 약속 시간에 경준이가 오지 않았다. 버스는 정확한 시간에 출발했다. 뒤늦게 버스를 향해 달려오는 경준이를 보고 지수가 일어섰다.

"저기 와요! 차 세워요."

"그냥 앉아 있어!"

"스톱, 스톱! 아저씨, 차 세우라니까요!"

"늦으면 니가 오버차지 낼 거야? 늦으면 두 배야, 두 배!"

"쟤 안 가면 저도 안 갈래요."

달려오는 경준이를 보고도 출발하는 버스에서 지수는 공동 매니저와 붙었다. 멀쩡하다가도 공연을 앞두고 설사를 하는 경준이의 상태는 누구나 알고 있었다.

"그럼 너도 내려!"

공동 매니저가 다른 매니저에게 눈짓했다. 매니저들이 우르르 일어나자, 출연자들이 눈짓을 주고받았다. 숫자로는 출연자가 단연 유리했다. 다행히 나이 든 여자 분장사가 나서서 일은 커지지 않았다. 고속도로 진입을 앞두고 버스가 멈췄고 경준이와 경준이 어머니가 탔다. 뭐가 잘못되었는지 몸에서 악취가 나는 걸 모두들 눈감아주었다. 그날 공연이 끝날 때까지 경준이는 설사가 멎지 않아서 고생했다. 경준이 어머니는 복도, 화장실, 분장실, 대기실에서 만나는 사람들에게 "죄송합니다"를 반복했다. 그게 출연자들을 기선제압하기 위한 매니저들의 작전이라는 걸 그때는 지수도 몰랐다. 진짜로 경준이를 버리고 가는 줄 알고 놀라 일어선 거였다. 지금 같으면 '또 쇼하네' 하고 넘겼을 일이었다. 그 일로 지수가 깨달은 진리가 있었다. 연예계 탑 그룹에 들어가서 기획사들이 출연을 구걸하기 전까지는 납작 엎드려 지내야 한다는 거였다.

똑같아!

화장실이 막혀서 공사를 한 적이 있었다. 변기 아래는 큰 물병 크기의 오수관과 연결되어 있었다. 이 오수관은 더 큰 연립 주택 단지의 오수관을 만나고, 안양시 오수처리장으로 가는 더 큰 관을 만나고, 서해로 빠지는 오수관을 만날 것임을 쉽게 짐작할 수 있었다. 무대에 서는 출연자들의 모든 것을 대표는 다 보고받았을 것이다. 공동 매니저, 왕 매니저, 팀장, 바지 사장이라는 라인을 통해서 지수의 사생활도 환히 알 것이었다.

'코끼리가 납셨네. 밟히면 즉사다.'

공동 매니저는 저 무리에 끼지도 못한다. 멀찍이서 가수들의 행동을 감시할 뿐이다. 대표와 뒤따르는 무리들은 바짝 긴장한 가수들 앞을 천천히 걷는다. 큰 병원에서 의사가 회진하듯이. 회진은 지수 앞에서 멎는다.

"얜가?"

"넵!"

넵! 넵! 몸으로 여러 번 말하는 왕 매니저. 공들인 상품을 자

랑하듯이 지수를 탐욕스럽게 본다. 스포츠머리, 벌어진 어깨가
유도 국가 대표 급이다.

지수는 눈을 크게 떴다. 크게 뜰수록 얼굴이 반듯하고 순둥이
처럼 보인다는 걸 경험으로 안다. 왕 매니저는 대표에게 굽실대
면서도 힐긋 지수에게 눈 화살을 쏜다. 지수는 눈을 더 크게 뜬
다. 이 눈을 똑바로 보는 사람은 없다. 이선재 외에는.

"뭐야, 이놈은! 대표님께 고개 안 숙여?"

매니저는 대표에게 굽실댐으로써 조금 전의 말 폭탄을 어물
쩍 덮을 모양이다.

'그렇게 쉽게는 안 되지. 내가 누군데. 박은희, 하동국의 무녀
독남 외아들 하지수다. 눈치 백 단 심령술사 하! 지! 수!'

속이 꼬이는 것을 들키지 않으려고 지수는 선재의 웃는 얼굴
을 떠올린다. 감정 잡는 기술은 엄마의 장기다.

"아들, 세상살이에는 아부가 필수야. 치사하게 생각할 거 없
어. 가수가 무대에서 똥폼 잡는 거, 그거, 알맹이는 다 아부야.
미아리가 어디 있는지도 모르는 여자가 애절하게 「단장의 미아
리 고개」를 부르잖아. 열 살 아이가 「열아홉 순정」을 신명나게
불러젖히잖아. 그걸 들으면서 사람들이 울고 웃잖아. 그래야 지
갑이 열리고, 가수며 스태프가 먹고살지. 이제 너도 수염이 나
는 중학생이니 알아둬. 넌 춤은 글렀고, 목소리로 승부해야 해.
슬픈 노래는 슬픈 감정, 즐거운 노래는 즐거운 감정, 네가 거기

아주 푹 빠졌다는 걸 보여야 해. 아부는 얼굴이 시작이란다. 먼저 광대뼈를 올리고, 다음 입꼬리를 올리고, 그렇지, 그렇지. 그런 다음 세상에서 가장 슬픈 일을 생각해. 아빠를 떠올리면 될 거야. 아빠, 어디 계시는지요, 그러면서 한곳을 뚫어지게 봐. 그러면 눈이 시어서 물이 고이지. 흘러넘치는 건 오버고, 그냥 눈알 가득 찰랑찰랑할 정도, 그렇지. 눈을 몇 번 꿈쩍꿈쩍해보면 물의 양을 알 수 있어. 그리고 반짝반짝 천진한 어린아이의 표정을 짓는 거야. 그러나 조심해! 상대방 급수가 몇 급인지를 먼저 체크해야지. 상대방이 너의 겸손과 아부를 헷갈려하면 곤란하거든."

어른들의 급수를 체크하기는 정말 어렵다. 눈치 백 단 심령술사는커녕 지수 자신이 얼뜨기 중학생이라는 걸 실감한다. 그러나 다행히 땅딸보는 존경과 겸손에 약해 보인다. 지수는 목소리를 한껏 여리고도 정중하게 깐다. 이런 사람이 제일 싫어하는 건 건방과 비굴이다.

"저, 「황성 옛터」 부른 가수 하지수입니다. 뵙게 돼서 영광입니다."

지수는 천천히 허리를 반 굽혀서 영광에 맞게 예를 차린다. 이런 기회는 돈벼락 맞을 기회와 동급이다.

"스승님 광팬입니다. 어려서부터 스승님 노래를 배우며 자랐습니다. 「오후의 사랑」, 「늑대의 꿈」, 「킬리만자로의 사슴」, 「손

어쩌다, 트로트

이 예쁜 여자는 사랑을 잘 해」……."

"됐어."

대표가 손을 든다. 대표를 만날 거라 예상하고 준비했다. 열 곡, 스무 곡은 더 읊을 수 있다. 흠모와 경외는 어른들의 아킬레 스건임을 알고 확실하게 준비한 것이다. 계약서에는 'VD 엔터 테인먼트'라고 쓰여 있었다. 하지만 QM이 몸통이고 VD는 문어 다리라는 걸 조금만 검색해보면 안다. 공동 대표, 사장, 매니저, 소속 연예인. 지금 흐름만 보면 회사에 대해 대강 짐작이 간다. 마약, 폭력, 음주운전 전과가 있는 연예인들을 모아 뭉뚱그려서 만든 회사라는 걸 안다. 경찰서 출입과 사과 기자회견은 바지 사장이 하고, 책임질 일 있어도 QM 대표는 무관하다고.

"비주얼 되네. ……얘 좀 손봐. 한 시간 남았지? 발라서 물건 좀 만들어. 올 에이로."

"넵!"

지수가 허리를 들었을 때 대표는 반질한 뒷머리를 보이며 문 을 나서고 있었다.

아싸!

켈켈켈 웃고 싶지만 쳐다보는 눈들이 많아서 참는다. 웃음을 참느라 눈알이 튀어나올 지경이다. 엇비껴서 선재가 들어온다.

"야, 어디 갔다 오는 거야? 말을 하고 가야지, 말을! 핸폰 없는 거 뻔히 알면서 말없이 튀면 어떡해."

"어, 여자 분장실, 누나한테. 빛나 누나 연습하는 거 봤는데 장난 아니더라."

"누나라니, 모래시계? 모래가 오늘 출연해?"

"응, 경기 남부 대표래."

"리허설 못 봤는데. 뭐 부르는데?"

지수는 선재의 대답을 듣지 못한다. 뭔가 말하려고 하는데 떡 대가 다가왔기 때문이다. 큰 손이 지수를 휘청하도록 민다.

'선재야, 지금 중요한 건 모래가 아니라 나야. 바로 이 하지수 야. QM이 올 에이로 발라준대. 이 하지수를!'

"시간 없어, 따라와!"

선재가 웃는 걸 보려는 지수를 우악스러운 손이 문 쪽으로 이 끈다.

어쩌다, 트로트

창극인가 개그인가

••••

선재

"사부님께서는 옥체 평안하신지요."

"네……. 여전히…… 아침 5시에 기상하시고, 소리하시고, 나무들 보살피시고……."

"그립네요, 수오당."

"은니, 아버님은 은희 씨를 은니라고 부르시잖아요."

"……."

"늘 기다리셨어요. 은니가 언젠가는 찾아오지 않겠나, 아버님께서 늘 말씀하셨습니다."

"그립네요. 수오당에서 내려다보는 복숭아밭, 사월 꽃 필 때 너무 아름다워서 울었는데……. 동국 씨랑 둘이 대청마루에 앉아서……. 솟을대문 아래 큰길까지 펼쳐진 복숭아 꽃밭, 폭 넓은 무용치마 같은……. 진짜 그립네요, 모두 다. 수오당의 모든

게 다 그립네요. 제일 그리운 건 수오당 돌담 옆 계곡 물소리예요. 물소리가 꼭 가얏고 소리 같았지요. 동동동동, 당당당당, 밤새 흐르는 가얏고."

"……네에. 지금도 변하지 않았어요. 아버님이 잘 가꾸시거든요."

'어깨 좀 펴시지. 저게 뭐야. 어깨 삐딱, 머리 기우뚱, 양복이 이상하잖아.'

오랜만에 보니 아버지의 어깨가 더 기운 듯하다. 미색 원피스에 작은 분홍색 스카프를 목에 두르신 지수 어머니 옆이라서인가, 더 괴상해 보인다. 선재가 들어온 줄도 모르고 두 분은 말씀을 이어가신다. 미루어보니 두 분 다 오늘 운경 할아버지가 극장에 안 오는 걸 아시는 듯하다. 사다리에 올라 복숭아 따다가 떨어져서 발목이 접질린 걸 아시는 듯하다. 소리공방 식구들 모두가 힘을 모아 몇 년 동안 준비한 무대다.

운경 이응화 제(제 : 이어준 사람 이름에 붙인다)

조은필 판소리 「심청가」 완창 발표회

이 큰 공연에 할아버지가 안 오시는 이유는 발목 때문이 아니다. 진짜 이유는 따로 있다.

"충격받으실까 걱정이다. 빛나가 잘해보겠다고 저렇게 열심

이니 막을 수도 없고. 판소리가 옛날 판소리가 아닌 거 언젠가
는 아시겠지만, 아무튼 이번에는 안 오시는 게 낫겠다. 나중에
내가 차분히 말씀드려야겠다."

쌤은 창극 무대를 할아버지가 어떻게 생각하실지 고민하셨
다. 목발 짚고 오려는 할아버지를 아버지에게 부탁해서 오시지
못하게 했다. 선재 생각에도 빛나 누나는 오버하는 것 같았다.

> 뺑덕아 뺑덕아 에이, 천하 몹쓸 년아
> 도망가면 그냥 가지 젊은 놈을 따라가냐
> 도망가면 그냥 가지 핸드폰을 뺏어 가냐
>
> 「심청가」, 개사

누나가 짠 창극은 재미있고, 신이 났다. 북 반주 하나로 부르
던 판소리와 180도 달랐다. 가야금, 대금, 해금, 장구 반주가 아
니었다. 드럼, 베이스, 건반, 색소폰이 창극을 반주했다. 처음에
는 어색했는데 쿵짝쿵짝 늘 듣던 리듬 반주가 붙으니까 의외로
노래할 맛이 났다. 지금까지 두루마기와 갓을 쓰고 부채를 들어
야만 판소리를 불렀다. 그런데 양복 윗도리에 핫팬츠, 흰 폭탄
가발, 검정 선글라스를 쓰고 노래해도 크게 이상하지는 않았다.
늘 듣던 재즈 음악을 판소리 반주로, 늘 입던 평상복을 무대복
으로 바꿔도 아무렇지 않았다. 생동감이 있어서 오히려 익숙했

고, 편했다. 사실 선재도 이게 지금까지 내가 배운 판소리가 맞나 헷갈릴 때가 있었다. 노래 곡조는 같고 가사만 조금 바뀌었을 뿐 내용은 비슷했다.

우리 딸 심청이가 황후마마 되었구나
심 봉사 심학규가 딸 덕에 눈 떴구나
뺑덕어멈 잘 가거라 너 잡을 나 아니다
미인들이 몰려온다 귀인들이 줄을 선다
천년만년 부귀영화 얼씨구나 좋을시고

판소리밖에 몰랐다. 아버지에게서, 할아버지에게서 판소리만 배웠다. 언제부터인지 정확하지는 않지만 아무튼 아기 때부터 노래했다. 초등학교 때는 동네 잔치에 쫓아다녔고, 커서는 무대가 주어지는 대로 소리했다. 「사철가」, 「농부가」, 「남도민요」에서 「심청가」 토막소리까지.

잘한다, 얼씨구, 조오치.

칭찬 듣는 게, 박수 받는 게 기뻤다.

쪼끄만 애가 송아지, 짝짜꿍이나 부르지 무슨 사랑가, 이별가를 부르냐.

어린애가 판소리를 하네. 너무 어려워서 어른도 10년은 공들여야 겨우 소리목을 얻는다는데.

청승맞은 소리 부르다가 앞길 막히면 어쩔래?

염려하는 사람도 많았지만 선재는 흔들리지 않았다. 판소리
에는 무엇과도 비교할 수 없는 멋이 있었다. 그건 동요, 트로트
와는 차원이 다른 멋이었다. 갓 쓰고 도포 입고 부채를 촤르르
펴며 노래할 때, 노래에 따라 울고 웃는 사람들의 호흡이 온몸
으로 느껴질 때의 전율을 설명하기는 어려웠다. 아장아장 걸을
때부터 소리하는 아버지를 따라, 할아버지를 따라, 쌤을 따라
다녔다. 어른들을 따라다니면서 흥부의 아들 노릇을 하고, 이몽
룡을 하고, 16세 처녀를 사러 다니는 뱃사람 노릇을 했다. 배울
수록 어렵고 신비한 게 판소리의 세계였다. 이제 간신히 「심청
가」를 떼었다. 그러나 쌤의 요구는 끝이 없었다.

"발음이 부정확해. 말에 붙이는 발음과 소리에 붙이는 발음이
같아야 듣는 사람이 이해를 하지. 연기력도 아직 멀었어. 노래,
말, 몸짓, 세 가지 중에 소리꾼이 제일 공을 들여야 할 것은 노래
지. 넌 노래는 네 나이에서 탑이라고 할 수 있어. 목소리가 탁하
면서도 강하고, 고음도 잘 치고, 시김새도 그만하면 됐다. 문제
는 발림인데……. 네가 심 봉사를 하면 다들 웃잖니. 장님이 눈
뜬 사람보다 더 빨리 걸으면 사람들이 믿겠냐? 연기 학원이라도
좀 보내야 할까 보다."

할 수 없이 연기 학원을 다니면서 선재는 깨달았다. 연기는
아무나 하는 게 아니라는 사실이다. 특히 눈물 연기가 힘들었

다. 아니, 전혀 할 수 없었다. 연기를 배울수록 연기도 잘하고 노래도 잘하는, 특히 옛날 노래를 잘하는 지수가 신기했다. 지수에게 비법을 배웠지만, 눈물은 억지로 흘릴 수 있는 게 아니었다.

"선재야, 무조건 한곳만을 뚫어지게 봐. 지금까지 제일 슬펐던 일, 네가 펑펑 울었던 일을 떠올리면서 뚫어지게 한곳을 보는 거야. 그러면 눈이 시고 아려서 저절로 물이 고여. 집중해서 감정을 잡는 게 중요하다, 이거야."

"슬펐던 일……. 펑펑 운 적이 언제더라. 할머니 돌아가셨을 때는 너무 어려서 뭐가 뭔지 몰랐어. 아부지가 기중기 사고로 병원에 입원하셨을 때는 그냥 속상해서, 아, 그래, 많이 울었어. 혼자서."

어깨뼈가 부서져서 울트라맨 같은 깁스를 한 아버지. 밥도 어머니가 떠먹여주는 아버지를 떠올려도 눈물은 흐를 기미가 없었다. 눈물 흘리는 일은 정말이지 노력으로 되는 게 아니었다.

어느 날 저녁, 식당에서 지수가 물었다.

"넌 왜 아빠를 아부지라고 부르니?"

"응? 몰라. 그냥 어려서부터 어무니, 아부지, 그렇게 불렀어. 다른 애들이 엄마, 아빠 부르듯이 그냥."

지수가 쿡 웃었다. 듣기에 따라서는 비웃음 같았다. 지수는 선재의 하늘색 개량 한복 앞섶을 잡아서는 배배 꼬았다. 얇은 여름 옷감에 심한 주름이 생겼다. 선재는 지수의 손을 잡아서 떼고 앞섶을 두 손으로 폈다. 잘 펴지지 않았다. 기분이 나빴지만 친구니까 참아야 한다고 생각했다.

"구려!"

지수가 자신의 검정 후드 티 모자 끈을 양손으로 잡아 배배 꼬면서 말했다. 구겨진 주름 때문에 윗도리 앞섶의 오른쪽 왼쪽이 어긋났다. 신경 쓰여서 선재는 건성으로 대답했다.

"뭐가 구려?"

"다! 모두 다 구려. 구닥다리야."

"뭐가 구닥다리야. 난 잘 모르겠어."

"아이고, 아버지이~ 노랫말도 이상괴상한 판소리, 앞뒤로 펑퍼짐한 한복, 제자들이 쌤을 무슨 서당 훈장처럼 떠받들면서 말대답 한 번 못 하는 수업 분위기……. 다 구려. 반짝반짝한 21세기 온라인 시대에 500년 전 버전 아니야?"

선재는 저고리를 벗었다. 어차피 땀이 묻어서 빨래로 내놓으려던 참이었다. 하얀 티의 앞을 펄럭펄럭 흔드니까 가슴으로 에어컨 바람이 들어왔다.

"그래. 그렇게 티만 입으면 되지, 무대도 아닌 식당에서 한복을 입고 밥을 먹냐. 시원하지?"

"응. 시원해. 그런데, 그런 너는 왜 100년 전 유행가를 불러? 「신라의 달밤」, 「황성 옛터」…… 21세기 음악이 아니잖아."

"트로트는 100년 전에 만들었지만, 100년 후에도 영원히 팔팔하게 살 음악이라고 난 자신 있게 말할 수 있어. 판소리는 박물관 도자기 같고, 트로트는 여기 이 밥그릇 같아. 생활 속에서 같이 살잖아. 너 TV 틀어봐. 어디서나 쉽게 트로트를 들을 수 있잖아. 사람들이 판소리 나오면 채널 돌려도 트로트 나오면 고정해. 이게 생활 속의 음악이지. 판소리가 현대의 한국 음악이야? 난 트로트가 현대의 한국 음악이라고 자신 있게 말할 수 있어, 선재야. 너도 트로트로 바꿔. 판소리도 잘하니까 트로트 제대로 배우면 대박! 나보다 더 잘할 게 분명해."

"정말?"

"그럼, 그럼! 너 판소리 하다 보면 가끔 숨 막히지 않니?"

"숨 막혀. 아무리 열심히 소리해도 사람들이 추임새를 하지 않을 때, 반응도 없고 마치 한 사람도 없는 것처럼 조용할 때마다 정말 미쳐. 박물관에 갇힌 느낌, 현대인에게 왕따 당하는 느낌이야. 그럴 때는 전통이고 뭐고, 아무 생각 없이 그냥 다 발차기 한 방으로 깨버리고 싶어. 몇백 년 전해져 내려온 가사니까 토씨 하나도 바꾸면 안 되고, 역사가 있는 곡조니까 음정 하나도 바꾸면 안 되고……. 정말 미쳐. 똑같은 걸 수십 번, 수백 번 반복해서 부르는 판소리가 정말 숨 막혀."

"그러니까 너도 트로트 체질이야. 퓨전 음악, 퓨전 음식처럼 퓨전 판소리 어때? 전통의 순수성은 지키면서 현대인의 마음을

어쩌다, 트로트

담으면 되잖아. 판소리 창법으로 「신라의 달밤」을 부르면 대박 날 거야."

"정말? 그런데 나는 눈물 꽝이잖아. 나도 판소리가 너무 어려워서 트로트를 하고 싶은데, 너처럼 잘하고 싶은데⋯⋯. 「네 박자」 같은 까부는 노래도 잘 못 부르고, 「신라의 달밤」 같은 노래는 더 못 부르고. 네가 좀 비법을 가르쳐주라, 지수야. 내가 스승으로 모실게. 지수 싸부님!"

지수가 더운지 후드티를 벗었다. 선재를 따라서 하얀 티의 앞을 펄럭펄럭 흔들었다. 선재는 나빴던 기분이 아이스크림처럼 녹는 걸 느꼈다. 두 사람은 동시에 소리 내어 웃었다.

"싸부님, 켈켈."

"싸부님, 헤헤."

창극에는 지수도 꼈다. 지수가 끼니까 빛나 누나가 판을 다시 짰다. 심 봉사 역을 지수에게 주고 선재에게는 도창^{이야기를 이끄는 소리꾼}을 시켰다. 심 봉사가 뺑덕어멈과 황성 맹인 잔치에 가는 길에 묵는 주막집에서 벌어지는 사건이었다.

처음에 쌤은 지수의 출연을 반대하셨다.

"지수? 안 돼. 공연 버린다. 트로트의 간들거리는 노랑목^{판소리에서 통속적으로 기교를 지나치게 구사하는 창법}이 끼어들면 완창 판소리의 격이 떨어져. 무대가 가벼워진다고."

"에이, 그럴 리가 없어요. 쌤이 누구신데, 무형문화재 판소리 전수자신데 그깟 초짜 소리꾼 하나로 격이 떨어지다니, 그럴 리가 없어요. 창극은 말 그대로 인터미션 전에 살짝 넣는 20분짜리 뮤지컬이잖아요. 쌤이 혼자 두 시간 소리하시고 중간에 간식처럼 즐기는 건데, 코믹하게, 좀 가볍게 갈게요, 네?"

"가벼운 것도 수준이 있지, 이건 소리판이 아니라 시장 바닥……."

"쌤 말씀 알아요. 무슨 마음인지도 알아요. 그렇지만 소리꾼은 추임새 넣어줄 구경꾼을 잃으면 소리를 놓아야 해요. 하동국 쌤을 잊으셨어요? 지금은 그때보다 무대가 더 없어요. 완창 네 시간, 앉아 있을 사람도 없어요. 판소리가 아무리 좋아도 다들 가버릴걸요? 아줌마, 아저씨, 노인들도 그렇고, 젊은 사람들은 더더욱 안 앉아 있어요. 제가 창극으로 다 잡아놓을게요. 지수랑 선재랑 아라랑 목숨 걸고 맹연습 중이니까 믿어주세요. 창극은 간섭 안 하기로 하셨으니까 약속 지키세요."

"다 안다. 너, 재즈 반주로 황성 맹인 잔치하는 거 봤어. 의상이며, 가발, 선글라스, 레깅스…… 화개장터에서 국밥 파냐? 깡통 들고 동냥 다니냐? 노래한답시고 하는 짓이 어째, 어휴. 속이 까맣다."

"그럼 손 놓을까요?"

"누가! 그냥 그렇다는 거지. 파격도 파격 나름이지, 판소리의 격을 깨는 게 목적 같구나."

"격이라, 격."

빛나 누나는 한참 뜸을 들였다. 쌤이 싫어할 줄 정말 몰랐을
까? 선재도 지나치다고 생각한 것을? 그러나 선재 역시 누나를
믿고 따랐다. 전통 민요 소리꾼 가문, 안비춘, 안성선으로 이어
지는 민요 성골 안빛나니까.

판소리 민요 전용 극장을 설립하라!

인간문화재 대우를 격상하라!

국악에 관계된 집회에는 늘 안빛나가 있었다. 정부 청사, 예
술의 전당, 문예진흥원 앞이었다. 하얀 한복에 노랑 띠로 허리
를 동여매고 노란 살풀이 수건을 지휘봉처럼 휘두르며, 때로는
허리에 북을 메고서 양손으로 북을 두드리며 민요조로 구호를
외쳤다.

아르떼TV 클래식 전문 채널에 국악 방송 비율을 높여라!

모든 초등학교에 국악 전담 교사를 배치하라!

"네가 빨리 컸으면 좋겠어. 부려먹게."

한 달 전 쯤, 쌤의 심부름으로 김밥을 가져간 선재에게 누나
가 말했다. 누나에게서 땀내가 푹 났다. 화장이 뭉개져서 흉했
다. 가까이에서 보니 한복도 얼룩덜룩 지저분했다. 선재가 머쓱
한 표정을 짓자 누나는 푸욱 입바람을 냈다.

"난작인간식자인難作人間識字人, 어려운 시절에는 지식인 노릇이 어렵다, 운경 선생님 사랑방 족자가 생각난다. 나는 행동하지 않는 지식인을 경멸해. 자기 것만 지키면서 말만 앞서는 엄지족핸드폰으로 글을 쓰는 사람들도 한심해. 몇 개 안 되는 국악 무대 다 휩쓸면서, 회사 행사나 큰 일거리는 다 차지하면서, 이런 일에는 모르쇠 하는 유명 예술인들, 더 한심해."

"누나, 내가 어려서 잘 모르긴 하지만 그래도 모두들 자기 분야에서 최선을 다하는 것 같아. 우리 아버지도 북은 놓으셨지만 광산에서 돌 캐내어 번 돈, 다 소리공방이랑 수오당에 쓰시잖아. 우리 쌤도 특별한 수입도 없으면서 소리공방을 지키시잖아. 깃발 들고 거리에 나가지 않는다뿐이지 많은 예술인들이 열심히 살고, 또 누나를 마음으로 응원할 거라고 난 믿어."

"뭐, 그런 분도 물론 계시지. 사실 난 민요 분야밖에 잘 몰라. 국악 전체가 좋아져야 하지만 특히 민요가 제대로 대접받는 세상이면 좋겠어. 예술이랄 수도 없는 대중음악 트로트에 열광하는 세상이잖아. 일제 강점기만 해도 대중음악은 민요였어. 농부가, 베틀가, 이별가, 뱃노래…… 모두 생활 속에서 우러난 곰탕 같은 노래야. 이렇게 예술성 높은 민요가 끊길 것 같아 미치겠어. 툭하면 젓가락 장단이라고 손가락질 당하는 게 속상해. 후배들의 앞길을 넓혀야 하는 선배들이 저 혼자 니나노 하니까 딴따라, 날라리, 또랑광대란 손가락질을 당하는 거야. 속상해. 지수 같은 음악 천재가 민요, 판소리가 아니라 트로트를 부르는 게 눈물 나게 속상해."

"나도 속상해, 누나. 난 무조건 안빛나 광팬인데. 뭐 어떻게 할까? 내가 할 수 있는 방법을 알려줘. 같이 깃발 들까? 누나 따라서 소리 지를까?"

"그러게 빨리 크라고. 네가 중2가 아니라 고2만 되어도 앞장 세워서 부려먹을 안빛나. 크."

"누나, 난 잘 모르지만, 난 사실 누나도 좀 한심해. 누나는 대학생이잖아. 아직 공부하는 대학생. 그런데 이렇게 학교에 있을 시간에 여기 나와서, 이 땡볕에 아무도 들어주지 않는 걸……. 블로그, 인스타그램, 페이스북, 거기에 누나는 개인 유튜브 빛나 국악 TV도 돌리잖아. IT 강국에서 최첨단을 걷는 누나가 꼭 이렇게 길거리에 나와서 깃발 들고 노래해야 하는지 모르겠어. 그냥 누나가 불쌍해서 하는 소리야. 내가 도움이 안 돼서 나도 속상해."

시무룩해하자 누나가 손을 높이 들어서 선재에게 하이파이브를 청했다. 역시 씩씩하고 열정 넘치는 빛나 누나였다.

그러던 누나의 얼굴에서 웃음기가 사라졌다. 한 달 전보다 피부가 까매졌다. 누나바라기 쌤의 얼굴 표정도 복잡했다. 완창 발표회 준비하면서 쌤도 많이 지치신 듯했다.

"쌤, 김장할 때 배추김치를 잘 만들면 동치미는 곁다리 아닌가요? 쌤 판소리가 배추김치, 우리 창극은 동치미. 아, 잘못된 비유 같네요. 이렇게 생각하시면 어때요? 김치를 늘 큼직하게 썰어서 오목한 접시에 담아 먹다가 한번은 잘게 썰어서 크리스탈 와인 잔에다 담아 먹으면요. 싫으세요? 왜요? 김치 맛은 그대로잖아요."

"김치 맛은 그대로다? 정말 그럴 자신 있냐? 관객들 입맛 따라서 김치에 꿀도 바르고, 마요네즈도 넣고……. 그래도 변하지 않을 자신 있냐고 묻는 거다."

"쌤, 저는 창극만 생각할게요. 관객들 변덕에 따라 음악이 변하는 걸 걱정하는 건 제 능력 밖인 것 같네요. 아무튼 이번에 한 판 자알 놀게요. 전 아무 걱정 안 해요. 쌤이 판소리를 잘하시는데 무슨 걱정이겠어요. 저는 그냥 곁다리예요. 아이들이 재롱잔치한다, 개그 콘서트한다 생각하세요."

"그래, 지켜보마. 시대가 바뀌었는데 완창을 강요하는 내가 한심하다. 요즘 네 시간 동안 판소리 들을 사람 없지. 그래, 이제 간섭 안 한다."

"고맙습니다, 쌤. 지수는 놀라워요. 보물이에요, 보물. 온 지한 달밖에 안 된 아이가 우리들 하는 것들을 다 독파한 것 같아요. 부를 줄은 몰라도 듣는 귀는 하늘에 닿은 것 같아요. 개 앞에서 소리하는 거, 어떤 때는 겁나요."

어쩌다, 트로트

선재는 속으로 미소 지었다. 지수가 처음 소리공방에 온 날, 지수 방에서의 일이 생각나서였다. 심 봉사 갓난아기 어르는 대목을 지수가 불렀을 때, 선재는 무척 놀랐었다. 어떻게 딱 한 번 들은 곡의 가사를 토씨 하나도 틀리지 않을 수가 있을까? 나중에 알고 보니 지수는 늘 판소리 CD를 듣는 어머니 덕에 일찌감치 귀가 트인 터였다. 「심청가」뿐만이 아니라 「흥부가」, 「춘향가」의 가사도 잘 알고 있었다. 지수가 판소리 귀명창인 것을 아는 순간 선재는 무척 기뻤다. 외로운 판소리 공부 길에 지수는 정말 소중한 친구가 될 테니까.

보고픈 지수

• • •

선재

하지수.

선재는 지금도 지수를 형이라고 부르고 싶다. 이유는 명확하지 않지만, 여러 가지가 형 같다. 선재보다 몸집이 더 크다. 에너지가 더 많다. 트로트를 잘 부른다. 판소리를 잘 안다. 판소리를 배우고 싶어 한다. 무엇보다도 고등학생 형들에게 없는 향긋한 냄새가 난다. 같이 있으면 기분이 좋아서 연습이 잘된다.

"시간 없어, 따라와!"

선재가 남자 분장실에 들어갔을 때였다. 모르는 사람이 지수를 우악스럽게 밀면서 문 쪽으로 오고 있었다. 스포츠 머리, 떡 벌어진 어깨가 씨름꾼처럼 보이는 아저씨였다. 떼밀려가면서도 지수는 선재를 보고 싱글벙글 웃었다.

"지수, 왜, 어, 왜 이러세요, 우리 형한테…….”

선재는 자신도 모르게 두 사람의 앞을 막아섰다. 경준이, 경
준이 어머니와 다른 출연자들이 지켜보았다.

"뭐야? 시간 없는데 비켜!”

"우리 형인데요. 무슨 일이신지요.”

이유를 알기 전에는 조금도 움직일 수 없다는 뜻으로 선재는
차렷 자세를 했다. 어른과 아이가 아니라, 갑과 을이 아니라, 사
람 대 사람으로 섰다. 덩치로는 밀리지만 오기로는 밀리지 않을
자신 있었다. 경준이가 옆에 바짝 붙어 섰다. 출연자들이 슬금
슬금 선재 가까이 왔다. 씨름꾼은 당황한 듯했다. 지수를 잡은
손을 놓고 머리를 뒤로 확 쓰다듬었다.

'여차하면 붙겠다는 뜻인가?’

선재는 힘줄이 튀도록 두 주먹을 불끈 쥐었다. 씨름은 잘 못
하지만 한 방 맞아서 기절해줄 수 있었다. 아직 만으로 14세니
까 아동 폭행죄로 상대방을 골탕 먹일 자신 있었다.

"비키라니까. 암것두 모르는 게 앞을 막고 난리야.”

"그래, 선재야. 나 지금 리셋하러 가는 거야. 올 에이로. 걱정
말고 넌 울 엄마랑 같이 객석에 가 있어. 카메라가 출연자 가족
비출 때 너도 비추게.”

리셋이 뭔지, 올 에이가 뭔지, 선재는 전국노래자랑 월말결선

대회 때 확실하게 알았다. 리허설 때와 본 공연 때의 하지수는 달랐다. 의상이 확 바뀌었고, 분장이 확 바뀌었다. 머리는 뽕을 넣은 데다 색깔을 입혔다. 분명 딴 사람은 아닌데 딴 사람으로 보였다.

'지수 맞아? 아까 리허설 때는 그냥 중학생 같더니 본선 공연 때는 완전 가수네, 전문 가수. 올 에이로 때 빼고 광낸다고 저렇게 완벽 변신하나?'

QM과 빅스타의 대결이라고 사람들이 수군댔다. 나중에 지수에게 설명을 듣고서야 이해가 되었다. 노래자랑이라는 게 노래 조금 잘한다고 너도나도 나설 수 있는 무대가 아니었다. 지역 예선은 초보자들의 대결이지만 본선은 숙련된 사람들의 대결, 월말결선 예선은 무명 가수들의 대결, 본선은 예능 기획사 소속 가수들의 대결이었다. 예선에서 기획사들이 찍은 가수는 결선에서 방송사와 협의하여 트로피를 나눈다고 했다. 지수의 「황성 옛터」는 빛나 누나의 「아모르 파티」와 붙었다. 지수의 QM과 빛나 누나의 빅스타가 붙은 것이었다. 결과는 판정승. 관객과 시청자들의 표를 많이 얻은 빛나 누나의 승리였다. 지수는 담담하게 말했다.

"안빛나, 대상 당연해. 내 노래에는 깊이가 없어. 그런데 누나는 달라. 목소리가 착 붙었어. 북을 잘 쳐서 그런지 리듬 타는 것도 선수야. 거기에다가 민요 실력자고. 그런 바탕에서 트로트를 부르니까 뜨지. 난 불만 없어. 배우고 있으니까 또 기회가 오겠지. 뜨는 해에 웃지 말고 지는 해에 울지 마라, 엄마 말씀이야. 대상 못 받은 건 괜찮은데 매니저가 밥맛이야. 정말 내가 지 곰인 줄 아는지 막말에 주먹질에……. 날 자기 입맛대로 길들이지 못해 안달복달이야. 확 지구를 떠날까, 아니면 계약서를 찢어버릴까 고민이야. 찢어버리면 전세금 빼서 물어내야 한다니까 이러지도 저러지도 못하고! 엄마만 아니면 내 맘대로 할 텐데.”

우정 반지 덕인지 소리공방에 온 첫날부터 지수는 선재를 따라다녔다. 새벽의 연습장, 쌤과의 수업 시간, 독공혼자 공부하는 것 연습실, 토요일 소극장 무대를 따라다녔다. 늘 교과서 크기의 태블릿 PC를 갖고 다니면서 녹화했다. 방음장치가 된 곳에서는 블루투스 마이크로 트로트를 연습했다. 버튼으로 하울링붕붕거리는 잡음을 조절하면서 부르는 노래를 듣는 것만으로도 선재는 넋이 나간 듯했다. 화면을 보면서 선재도 불러보았다.

불국사의 종소리 들리어온다
지나가는 나그네여
걸음을 멈추어라

트로트는 가사가 짧고 쉬웠다. 리듬과 곡조도 그게 그것인 듯

비슷했다. 현인, 배호, 최백호, 나훈아…… 여자 가수는 몰라도 남자 가수 흉내는 크게 어렵지 않았다. 「목포의 눈물」, 「낭만에 대하여」, 「서른 즈음에」…… 춤도 비보이들처럼 격한 게 아니라서 따라 할 만했다. 문제는 감정 잡기였다. 어떻게 생각만으로 눈알에 물을 찰랑찰랑 고이게 할 수 있는지 이해가 어려웠다.

"그러니까 넌 내 동생이야, 영원히, 켈켈."

지수는 밥 먹을 때에도 이어폰을 끼고서 뭔가를 흥얼거렸다. 판소리는 못 불러도 듣고 외우는 능력은 정말 귀신이었다. 어머니가 듣는 판소리 오디오를 곁다리로 들었다고 해도 그 어려운 가사까지 다 외울 수는 없었다. 네 시간짜리 「심청가」 대본을 다 외운 듯했다. 가사를 까먹고 허둥대는 빛나 누나에게 가사를 불러준 적도 있었다. 하지수는 노래에 관한 천재거나, 독종이었다.

'아버지 친구, 전설의 소리꾼, 하방울의 아들 하동국, 하동국의 아들 하지수……. 판소리의 성골이라더니, 피는 못 속인다는 말이 맞나? 진짜 성골, 진골이 있기나 한가? 그럼 나는? 나는 지수보다 판소리 훨씬 잘하는데. 트로트는 자신 없지만 그래도 그 정도면 잘한다고, 노래자랑 나가면 장려상은 받겠다고 지수가 그랬어. 노래가 뭐였더라, 「이별의 부산 정거장」이었던가 「돌아와요 부산항에」였던가. 아무튼 트로트 귀신 지수가 잘한다고 그랬으니까 나도 연습하면 되겠지.'

예비 종이 울린다. 아버지와 지수 어머니가 거울 위에 설치된 TV 화면으로 시선을 돌리신다. 무대 중앙에 선 쌤이 보인다. 옥색 한복 위에 남색 두루마기, 챙 넓은 갓을 쓰고 손에는 부채를 들고 계신다. 리허설 시작이다. 리허설에서는 무대 감독이 소리꾼과 고수가 움직일 위치에 따른 조명과 음향 등을 체크한다. 스태프들이 무대 위아래에서 이어폰을 꽂고 바삐 움직인다.

"고맙습니다. 너무 고맙습니다. 조은필 스승님께 이야기 들었습니다."

"뭘, 은희 씨가 뭘 저에게 고맙다는……."

"애 아빠 빚, 동국 씨 빚을 선생님이 갚고 계시다고, 빚 때문에 소리를 떠나 광산 일을 하신다고. 그 어깨…… 사고 당하신 거라고. 정말 죄송하고 고맙습니다. 면목 없네요. 이를 어쩌나, 죄송해서……."

"무슨 말씀이세요. 동국이는 제 친구입니다. 제가 모자라서 정말 귀한 친구를 잃었어요. 제가 모자라서 은희 씨와 지수를 고생시킨 거…… 평생 갚아도……. 아무튼 친구 일이 제 일, 친구 빚이 제 빚……. 이제 다 끝났어요. 지금 뭔가 새로운 광물이 발견되어서요. 아, 제가 월악산에서 광산을 하는데요. 땅속은 정말 보물단지거든요. 파내는 게 다 돈입니다. '황금 보기를 돌같이 하라', 그거 다 옛날 말이에요. 요즘은 '돌 보기를 황금같이 하라'예요. 네, 이상한 광물 샘플을 지질학회에 보냈는데, 결과에 따라 수오당 빚도 곧 끝날 것 같습니다. 홍부 박 터지듯이 터지면 수오당도 내부를 현대식으로 싸악 리모델링을 할까 해요. 네, 아무튼 아무 염려 마시고 건강을 잘 돌보시길……. 이렇게 뵈어서 얼마나 감사한지…….”

말을 끝내지 못하고 아버지는 고개를 갸우뚱 숙이신다. 기중기 사고 이후로 아버지는 머리를 똑바로 세우는 걸 힘들어하신다. 선재는 지수 어머니가 더 걱정이다. 어깨의 들썩임을 멈추고, 훌쩍이는 소리를 멈추고, 손수건으로 얼굴을 말끔히 닦고 선재를 보며 배시시 웃으신다. 처음 소리공방에 오셨을 때보다 더 야위고 눈 밑이 더 검게 움푹 파인 듯하다. “다 쇼야”라고 지수는 말하지만 선재는 우는 어머니도 웃는 어머니도 참모습이라고 느낀다. 지수가 늘 걱정하는 어머니. 어머니 이야기를 할 때마다 신경질을 내는 하지수.

‘물렁물렁 완전 순두부 형, 지수 형. 이불 뒤집어쓰고 눈물 콧물 짜면 누가 모를 줄 알고.’

“울 엄만 엄마가 아니라 바람, 아니 바람개비야. 내가 한눈파는 사이 훅 날아가버릴 것 같아. 밧줄로 꽁꽁 묶어서 옆구리에 매달 수도 없고, 정말 미치고 펄쩍 뛰겠어.”

“불면증이 그렇게 심해서?”

“지하철 타고 종일 빙빙 도는 건 그럴 수 있다 쳐. 툭하면 핸폰 잃어버리는 데는 정말 환장하겠어. 핸폰, 카드, 지갑을 몇 번

어쩌다, 트로트

이나! 정신줄을 놓고 사니 나까지 돌겠어!"

쌤이 소리를 시작하실 모양이다. 혼자 무거운 걸음을 옮기신
다. 고수 정정민의 북 반주에 맞추어 진양조장단^{판소리에서 제일 느린 속도}
으로 시작하신다. 조선 왕조 때의 인물, 마포구 도화동 사는 장
님 심학규네 집으로 관객을 데려가신다.

성은 심이요, 이름은 학규

부인 곽 씨가 바느질로 살아가는데

나이 사십 넘도록 자식이 없구나

이 절 저 절 찾아가 정성껏 기도하니

부처님 감동하고 천지가 감동하여

선녀가 품에 드는 태몽을 꾸는데……

"여전하시네요. 당당한 풍채, 무거운 움직임, 탁 트인 목소
리……. 15년 세월에 모두들 변함없는데, 모두들 더 좋아졌는데
우리 찌수와 저만 요 모양 요 꼴로 꾀죄죄하게……."

"무슨 말씀이세요, 은희 씨. 지수, 아주 훤칠한 청년으로 반듯
하게 잘 자랐더군요. 처음 봤을 때 동국인 줄 알았습니다. 친구
말이, 아, 조은필 선생님 말씀이 판소리 대들보라고, 아버지 넘
는 소리꾼이 되겠다고, 정말 잘 키우셨다고 칭찬 많이 하시던데
요. 그리고 빈말이 아니라 은희 씨도 여전히 고우세요. 공연 많

이 다니신다고 들었습니다. 안비춘 선생님이 정말 아끼셨잖아요. 내 음악의 딸이라고. 목젖에 피멍 생기도록 연습하는 연습벌레라며 내 친딸보다 낫다고 하신 말씀, 지금도 기억합니다. 은희 씨, 목소리 듣고 싶습니다. 민요 발표회 한 번 하서요. 제가 스폰서 할게요."

"아, 아니에요. 발표회는 무슨! 여기저기 싸구려 무대 다니느라 목이 엉망⋯⋯."

"아부지, 저 먼저 객석에 나가 있을게요."

"아, 같이 가, 선재야. 우리 찌수가 네 얘기 많이 하더라. 네가 가끔 찌수를 형이라고 부른다며? 호호."

웃음소리가 또로로록 구른다. 유치원 아이들 까부는 소리랄까, 음악 같다. 지수는 소리 내어 잘 웃지 않는데 지수 어머니는 잘 웃으신다. 울 엄마는 감정 잡는 도사라는 지수의 말이 기억나서 선재는 큭 웃는다. 일부러 감정 잡아서 웃는 소리라도 웃음소리는 마음속 깊이 불을 밝히는 힘이 있다. 껄껄껄, 아버지의 웃음소리, 켈켈켈, 지수의 비꼬는 듯한 웃음소리도 선재는 음악 같다. 두 분은 의자에서 일어나신다. 창극을 하려면 한참을 기다려야 하지만 선재도 같이 일어선다. 지수가 보고 싶다. 방금 보고 왔는데.

어쩌다, 트로트

고생한다

•••

선재

물에 풍!

박수가 쏟아진다. 소리꾼 조은필, 고수 정정민은 끊이지 않는 박수에 몇 번이나 허리를 굽혀서 인사한다. 심 봉사가 백일기도 끝에 얻은 딸 심청. 심 봉사는 눈 뜰 욕심으로 뱃사람들에게 딸을 팔아서 봉은사에 시주하고, 팔려간 심청은 아버지가 눈을 뜨기를 빌면서 인당수 바닷물에 들어간다.

물에 풍!

박수 소리 속에서 소리꾼과 고수가 퇴장한다. 서서히 객석에 불이 들어오기 시작한다. 주변 조명부터 중심 조명까지 전부 켜

졌는데도 사람들은 움직이지 않는다. 모두들 심청이와 같이 인당수 푸른 물로 들어갔나 보다. 눈물 닦는 사람, 코 푸는 사람, 눈이 발개져서 얼굴을 못 드는 사람들. 뻔히 아는 이야기인데도 들을 때마다 사람들은 운다. 「심청가」는 슬픈 이야기다. 그렇다고 쌤이 특별히 애원성구슬픈 소리이나 비극미슬픈 아름다움를 강조하는 것은 아니다. 그냥 고요한 바다에 큰 배가 미끄러져 가듯이 부르신다. 굵은 목소리와 최소한의 몸짓으로 담담하게 이야기를 해나가신다. 그런데도 선재는 들을 때마다 가슴이 먹먹하다.

명창의 힘.

선재는 그것이 공력 높은 소리꾼의 힘이라고 생각한다. 숙련된 소리로, 극에 맞는 몸짓으로 이야기를 이끌어나가는 소리꾼. 관객은 소리꾼의 마음을 따라다닌다. 소리를 들으면서 같이 곽씨 부인을 잃은 뒤 갓난아기 젖을 동냥하는 심 봉사의 마음이 된다. 늙은 심 봉사를 버리고 젊은 황 봉사를 따라가는 뺑덕어멈의 마음이 된다. 아버지 눈 뜨기를 빌면서 바닷물에 몸을 던지는 심청의 마음이 된다. 황후마마가 된 딸 덕에 눈을 뜨고, 다른 맹인들까지 번쩍번쩍 눈 뜨는 장면에서는 눈물을 질질 흘리면서 박수를 친다.

저마다의 슬픈 기억들은 심 봉사 모녀의 이야기를 통과하면서 아름다운 추억으로 바뀌나 보다. 소리꾼에게 빙의해서.

"난 「심청가」 싫어. 질질 짜는 거 질색이야. 구질구질해."

어쩌다, 트로트

향내가 나서 돌아보니 지수다. 고동색 턱시도에 작고 동그란 선글라스를 쓴 심 봉사다. 원래 지수가 선택한 옷은 흰 양복 정장에 흰 나비넥타이였다.

너무 뻔해. 변신 좀 해봐.

빛나 누나의 지적에 넥타이를 빨강으로, 긴 정장 바지를 빨강 핫팬츠로 바꾼 것이다. 회색 폭탄 가발은 무대 나가기 직전에 뒤집어 쓸 모양이다. 지수가 선글라스를 벗고 선재의 위아래를 훑는다. 선재는 분홍 한복에 짙은 남색 쾌자, 남색 두건, 버선에 갓신한복에 신는 가죽신, 춘향가에서 이 도령이 입는 한복 차림이다.

"노래는 그냥 노래지, 좋고 싫고가 어디 있어."

"그래도 싫은 건 싫은 거지. 아이고, 아버지! 아이고, 형님! 아이고, 도련님! 켈켈. 관객을 울리지 못해 안달하는 거 뻔히 보여. 뭐, 그렇다고 판소리가 싫다는 건 절대 아니야. 난 판소리가 좋아졌어. 소리 지르다 보면 온몸이 상쾌해. 실핏줄 끝까지 시원하게 바람이 통하는 기분이야. 트로트의 장점을 판소리에 깔면 판소리 천재 하지수가 탄생할 것 같은 예감이야. 선재, 너 긴장해. 네 역할을 내가 싸악 빼앗을 테니까. 켈켈."

예비 종이 울린다. 이상하게도 이 종소리만 들으면 온몸이 긴장된다. 목과 허벅지가 가렵고, 오줌이 마렵다. 무대 울렁증이다. 그러나 일단 무대에 나가서 조명을 받으면 가라앉는다. 지수가 「신라의 달밤」 부를 때의 기분을 알 듯도 하다. 핀 조명을 받으면 차분해진다. 부를 노래에, 맡은 역할에 감정을 싣는다. 수도 없이 같은 걸 반복하는 연습 시간은 싫어도 무대는 언제나 황홀하다. 할 수만 있다면 박수를 받으며 평생 무대에서 살다가 죽고 싶다.

장내에 서서히 불이 꺼지기 시작한다. 안내 방송이 나온다.

"장내에 계신 신사 숙녀 여러분, 곧 「심청가」 창극을 시작하겠습니다. 자리를 정돈하고 핸드폰 전원을 꺼주시면 감사하겠습니다. 창극은 조은필 선생님이 지도하시는 운경 소리공방 회원들의 무대입니다. 이제 판소리를 배우는 청소년들이니, 다소 어설프더라도 격려를 부탁드립니다. 도창에 이선재, 심 봉사에 하지수, 뺑덕어멈에 안빛나, 술집 주인에 조아라, 그리고 황 봉사 역에는 성서중학교 2학년 석경준 군이 특별 출연해서 무대를 빛내주시겠습니다. 오늘 반주는 재즈의 선두 주자 허니 프렐류드 여러분입니다. 큰 박수를 부탁드립니다."

암전.

암흑이다. 무대 왼쪽에 둥근 조명이 켜진다. 세 번 긴 호흡 끝에 선재는 천천히 발을 옮긴다. 조명 아래에서는 아무것도 보이지 않는다. 이때가 좋다. 침묵이랄 수도, 고요랄 수도, 적막이랄 수도 없는 상태. 동양화의 여백과 가야금의 여운과 판소리의 묵음은 같다고 쌤은 말씀하셨다. 그러나 소리 낼 순간을 놓치면

어쩌다, 트로트

묶음은 그냥 휴지가 된다던가. 선재는 부채를 좌악 펴고 한 발 썩 나선다.

　그때 심 봉사는 뺑덕어멈과 황성 맹인 잔치에 가는 중이었다. 날이 어두워져 하룻밤 머물 곳을 찾는데, 아, 맹인이 날 어두운 걸 알 턱이 있는가. 딸 판 돈이 두둑한 걸 알고서 뺑덕어멈이 큰 요릿집을 찾아 들어갔다. 칠첩반상을 주문해서 자알 먹고 심 봉사가 잠시 목청을 가다듬어 보는데……

　밧줄로 꽁꽁 단단히 묶어라
　내 사랑이 떠나지 않게

「사랑의 밧줄」

　노래와 함께 무대 막이 위로 올라간다. 거의 올라갔을 때 서서히 풀샷이 들어오면 제법 큰 규모의 요릿집이 드러난다. 대청마루에는 술상을 가운데 놓고 이야기하는 사람들, 핸드폰 보는 사람들이 있다. 대청마루 왼쪽 방에는 심 봉사와 뺑덕어멈, 오른쪽 방에는 황 봉사가 태블릿 PC로 음악을 듣고 있다. 요릿집 주인은 바삐 돌아다닌다. 심 봉사, 혼자 신이 나서 폭탄 머리를 흔들고 지팡이로 박자 짚으면서 노래를 부른다.

당신 없는 세상은 나 혼자서 아무것도 할 수가 없네
밧줄로 꽁꽁 단단히 묶어라
내 사랑이 떠날 수 없게

심 봉사 옷을 입고서 노래를 부르는 하지수는 하지수 같지가 않다. 빠르고 건들거리는 노래는 지수에게 맞지 않는다. 목소리가 좋은 게 오히려 안 어울린다. 겉돈다고나 할까. 특별히 못 부르는 것도 아닌데, 남의 옷을 입은 듯하다.

나를 두고 떠난다니 믿을 수 없어
바보같이 떠난다니 믿을 수 없어
밧줄로 꽁꽁 단단히 묶어라
내 사랑이 떠날 수 없게

잘한다, 우리 영감, 박수 쳐주는 척하면서 뺑덕어멈은 마당으로 나간다. 뺑덕어멈 윗도리는 속이 비치는 한복 저고리, 아랫도리는 무릎이 보이는 플레어스커트다. 블랙핑크의 뮤직비디오를 보고 빛나 누나가 빌려온 것이다.

'저 배꼽티가 한복이라고? 정말 그런가? 브이 네크라인에 팔꿈치 길이의 소매가 넓고 앞이 트인 야시시한 옷이? 한복이 뭐지?'

아라 같지가 않다. 어우동 모자까지 쓰니까 진짜 사극의 주

어쩌다, 트로트

인공 같다. 전통적인 한복을 현대적인 스타일로 재해석한 작품, 궁궐 전통 보자기 문양에서 영감을 얻어 만든 디자인. 비디오 공개 일주일 만에 유튜브 조회 수 4억을 기록, 한복에 대한 해외 찬사가 이어졌다고 한다. 판소리는 곧 한복이라는 틀을 깼다. 선재는 어느 것이 옳은지 헷갈린다.

사람 기척에 코를 킁킁거리는 황 봉사. 은색의 높은 모자에 은색 연미복이 영락없는 마술사 차림이다. 마술 지팡이를 움직여서 뺑덕어멈의 위치를 찾아낸다. 황 봉사는 마당으로 나가 뺑덕어멈을 맴돌면서 노래를 부른다. 건반, 베이스, 드럼, 색소폰 반주가 친근하게 따라붙는다.

보기만 하여도 울렁 생각만 하여도 울렁

수줍은 열아홉 살

움트는 첫사랑을 몰라주세요

「열아홉 순정」

황 봉사가 노래를 부르면서 뺑덕어멈을 잡으려 한다. 잡힐 듯 말 듯 장난치는 뺑덕어멈. 뺑덕어멈이 없어진 걸 알고 찾아 나서는 심 봉사. 두 봉사 사이에서 노는 뺑덕어멈. 심 봉사의 노래 와 황 봉사의 노래가 겹친다.

아니 노지는 못하리라

창문을 닫아도 스며드는 달빛

마음을 달래도 파고드는 사랑

사랑이 달빛인가 달빛이 사랑인가

「창부 타령」

빛나 누나의 십팔번인 「창부 타령」이 나온다. 진성과 가성과 비성이 세련되게 어우러진 「창부 타령」. 편곡하지 않은 원곡 「창부 타령」이 밴드 리듬을 타고 객석으로 번진다. 맑고 간드러진 목소리 속에 부드러움과 따뜻함이 가득하다. 모래시계다운 허리의 곡선과 무용으로 단련된 손동작이 무대를 휘어잡는다.

봄바람에 눈이 녹아 가지가지 복사꽃 피니

앞집 수탉이 꼬끼오 울고, 뒷집 삽사리 컹컹 짖네

앞 논의 암소는 엄메, 뒷산의 산꿩은 끼긱끽

폭풍우 지난 뒤 가지가지 복숭아 열려

물동이 이고 가는 큰애기, 엉덩이춤 절로절로

사뿐사뿐 아기장아기장 흐늘흐늘 걸어가네

지켜보던 요릿집 주인이 뻉덕어멈을 나무란다. 술집 주인의

어쩌다, 트로트

옷은 고궁박물관 봉황문에서 무늬를 땄다는 크롭 탑, 아랫도리
는 번쩍이는 금색 레깅스다. 양쪽 어깨에서 몸이 움직일 때마다
흔들리는 건 한복 앞섶에 다는 노리개다. 노래하면서 몸을 움직
일 때마다 아라의 배꼽이 보일 듯 말 듯하다.

누나, 너무 나간 거 아니야? 쌤의 발표회잖아. 관객들을 네 시
간 붙잡을 게 이 방법밖에 없는 거야? 다른 뜻은 없어 보이니까
따르기는 하는데 이건 아닌 것 같아. 판소리 창법으로 트로트를
부른다고 해서 이걸 판소리라고 할 수는 없어. 뺑덕어멈이라고
꼭 저렇게 섹시하게 몸을 흔들어야 해? 요릿집 주인이라고 꼭
저렇게 강남스타일 춤을 춰야 해? 저런 품바 옷을 입고 재롱부
려야 관객들이 좋아하냐고.

장벽은 무너지고 강물은 풀려
어둡고 괴로웠던 세월도 흘러

아, 꿈에도 잊지 못할 그립던 내 사랑아
한 많고 설움 많은 과거를 묻지 마세요

「과거를 묻지 마세요」

판소리에 트로트 가사만 입힌 거라고? 정체를 모르겠네.

지수와 빛나 누나가 무대를 휘어잡는데, 선재는 이상하게 기분이 나빠진다. 선재는 다시 깊은 호흡을 하려고 노력한다. 아라의 배꼽이 눈앞에 어른거려서 집중이 어렵다. 전체 조명이 조금 어두워진다. 선재는 핀 조명 안으로 들어가서 부채를 좌악 편다. 선재가 아니리말로 시간의 흐름이나 장면을 전환하는 것. 리듬을 얹기도 한다를 하는 동안 뻥덕어멈은 지팡이에 황 봉사를 달고 도망간다.

어허, 옛날이나 지금이나, 남녀의 일이란 알 수가 없구나. 심 봉사, 황 봉사, 뻥덕어멈이 삼각관계라니, 이 일을 어찌한단 말이냐. 그러나 저러나 오늘은 경사스러운 날이 아니더냐. 운경 이응화 제「심청가」를 조 은 자 필 자 명창께서 한바탕 소리하는 날이 아니더냐. 이런 경사스러운 날에 노래와 춤이 없을 수 있겠느냐. 얼씨구절씨구 지화자자 좋구나. 출연자들이 지나갈 때 박수 쳐주시고 추임새 넣어주시고, 같이 춤도 춰주시고, 조오타!

점점 밝아지면서 모든 출연자들이 무대 앞으로 간다. 모두들 춤추고 노래하면서 객석으로 내려간다.

아리아리랑 쓰리쓰리랑 아라리가 났네
아리랑 응응응 아라리가 났네
드넓은 바다에 둥둥둥 뜬 배

어쩌다, 트로트

어기야 어야디어라 노를 저어라

「진도 아리랑」

 떵 떵 떵더쿵! 언제 장구를 멨는지, 누나는 신나게 장구를 치면서 객석으로 내려간다. 지수, 아라, 소리공방 회원들의 뒤를 따라 선재도 내려간다. 의자와 의자 사이로 한 명씩 간다. 호응이 좋다. 박수 치는 사람, 추임새 넣는 사람, 장구 줄에 돈을 꽂아주는 사람도 있다. 무대는 어둡고 객석은 발밑만 보일 정도다. 쌤이 다시 「심청가」 2막을 공연할 수 있도록 무대를 정리 중이다. 요릿집 치우고 병풍 치고 돗자리를 깔 동안만 객석의 시선을 끌기로 한 것이다.

 '아, 드디어 끝이구나.'

 그런데 객석의 뒤쪽은 거의 비어 있다. 발표회를 시작할 때는 분명 뒤까지 꽉 차 있었다. 휴식 시간에, 아니 창극을 하는 동안 사람들이 가버렸나 보다. 희미한 불빛으로 객석의 빈자리를 어림하면서 선재는 깊은 숨을 내쉰다. 쌤에게는 빈자리가 안 보이기를 바랄 수밖에 없다. 청중이 없는 무대는 죽은 무대이며, 추임새 없는 판소리는 천재 소리꾼도 바보로 만든다고 말씀하신 게 생각나서다.

 "고생한다."

 "어, 하, 할, 할아버지!"

객석 구석진 곳에 앉아 계신 분. 목발을 짚고라도 오시겠다는 걸 아버지가 말리셨다던데, 지금 여기 앉아 계시다. 검정 모자, 검정 두루마기 차림으로 계시다.

"어, 어, 어떻게."

"다 떠나고 올곧은 제자 하나 남았나 했더니, 이제 보니 하나 남은 제자가 판소리 숨통 끊는 앞잡이구나."

어쩌다, 트로트

도끼 삼 형제

•••

지수

"아버지, 근처에 절이 있는가 보죠?"

"저 너머에 백련사라는 절이 있다는구나."

"노을이 지는가 보죠?"

"그래, 붉고 큰 노을이다."

"저는 이제 노을과 반짝이는 별들을 볼 수 없게 되나요?"

"……."

"아버지, 저 소리하고 싶어요."

영화 「서편제」

"영화 「서편제」를 찍는 수오당에 우리도 있었어. 우리의 영혼
도 장님 송화와 함께 백련사의 종소리를 들었지. 여자아이의 얼
굴을 물들이는 붉고 큰 노을, 그 노을에 우리의 영혼도 물들었

지. 높은 대청마루에 꼿꼿이 서서 목청껏 노래를 부르는 아저씨. 운경 사부님께 우리가 졸랐어. 우리도 노래 부르고 싶어요. 우리도 노래 가르쳐주세요, 졸랐어."

쌤이 들려주는 삼십 몇 년 전의 얘기가 선재에게는 영화 속의 한 장면 같은가 보다. 둘이 신나게 이야기를 주고받는 옆에서 지수는 고약하다.

"노래라니, 판소리요?"

"그래. 노래가 뭔지, 판소리가 뭔지도 모르는 철부지들. 금산이, 동국이, 나. 동네 사람들은 우리를 복사골 유치원 도끼 삼형제라고 불렀지. 거, 있잖냐. 이솝 우화에 나오는 금도끼, 은도끼, 쇠도끼 이야기 말이다. 다행히 아저씨는 우리를 받아주셨다. 단가부터 차근차근 가르쳐주셨어. 흐음, 지금 생각해보니까 우리가 언제 가까이 올까, 판소리 가르칠 기회를 엿보셨던 것 같아. 아들 금산이와 절친의 아들 동국이를 소리꾼으로 키울 마음을 품고서. 난 사실 친구 따라 얼결에 배우기 시작한 건데, 지금은 나만 여기 있다."

차가 좁은 복숭아밭으로 들어간다. 안양 연립주택 올라가는 길 비슷하다. 잘못하다간 긁히기 십상이다. 오른쪽 밭둑에 바퀴를 걸친 밴, 승용차들 때문이다. 신문, 잡지, 방송사들이 많이 와 있나 보다. 완창 발표회가 끝나고 리셉션에서 쌤이 운경 사부님을 거론한 뒤부터 생긴 풍경이란다. 솟을대문을 닫은 지 15년

어쩌다, 트로트

만의 일이라고 떠벌린다나.

"운경 할아버지가 오셨어요. 저를 보더니 그냥 나가셨어요."

발표회 날, 돌아오는 차 안에서 선재에게 말을 들은 뒤로 쌤은 '입 꾹!'이다. 수업도 쉬고, 전화도 끄고, 외출도 하지 않는다. 식사도 하루 한 번 하는 듯하다. 자주 있는 일인 듯, 아무도 쌤에게 말 걸지 않는 분위기가 지수는 개떡 같다.

발표회가 끝나니 소리공방이 바람 빠진 풍선이다. 지겹다. 그렇다고 엄마한테 가고 싶은 건 아니다. 그냥 그렇다는 것이다. 다들 집으로 돌아가고 대여섯 명 남아 빈둥거리는 소리공방. 내가 있을 곳은 아니지 생각하면서도 지수는 마음을 정하지 못한다. 선재 때문인가? 자신도 이유를 모른다.

텅 빈 소리공방이 지수도 힘들다. 엄마는 전화를 받지 않는다.

"하지수, 운경 사부님께 인사드리러 가자. 반가워하실 거다."

쌤의 말씀에 따라나선 길이다. 완창 발표회에서의 창극 사건을 운경 할아버지에게 보고해야 할 사람은 쌤이다. 지수에게는 딱히 따라나서야 할 이유가 없다. 소리공방과는 이제 끝이다. 판소리 엑기스는 다 얻은 듯하다. 복성으로 통 굵게 소리하는 발성법을 트로트에 접목하는 일만 남았다. 심사 위원을 찾아가면 알아서 하지수에게 맞는 곡을 줄 것이다. 지금 쌤을 따라나서는 이유를 굳이 만들자면 선재와 떨어져서 혼자 소리공방에 있기 싫다는 것, 연립주택으로 빨리 가기 싫다는 것 정도다.

'운경 사부님. 내가 왜 인사를 가야 하지? 아버지와 쌤의 사부님이라서? 할아버지의 절친이라서? 나를 반가워하실 거라고? 알지도 못하는 나를?'

삼청동에서 부천으로 오는 동안 머리가 깨질 듯 아프다. 월말 결선에서 안빛나에게 대상을 뺏겼지만 연말예선과 결선이 있다. 모든 기록은 깨지기 위해서 있다는 말이 있잖은가. 연말에서는 기필코 대상을 차지해야 한다. 대상과 최우수상 수상자 24명이 겨루는 예선 대회에 QM도 신경을 곤두세우고 있다. 관련된 정보들을 문자로 보내오고, 필요한 반주와 음원도 보내온다. 그런데 QM에서 골라주는 곡들은 모두 개떡이다. 애수의 「소야곡」, 「눈물 젖은 두만강」, 「불효자는 웁니다」, 「누가 울어」…… 징징거리는 노래뿐이다. 모두들 하지수에게 어울린다고 추천하니까 부르기는 부른다. 「네 박자」, 「쨍하고 해 뜰 날」, 「호랑나비」 같은 방방 뜨는 노래들보다 부르기 편한 건 사실이다.

하지만 가끔은 기분이 나쁘다. 옛날 노래를 부르다 보니 사람까지 옛날 사람이 되는 기분이 되어서다. 가끔은 엑소, 싸이, BTS, 블랙핑크처럼 온몸으로 노래하고 싶다. 몸뚱이를 폭발시키고 싶다. 방송용은 대부분 립싱크라고 하지만 어쨌든 몸은 신나게 움직이지 않는가. 가만히 서서 대동강으로, 목포로, 부산으로 돌아다니는 게 징그럽다. 그러나 몸치인지 춤은 배우기 힘들다. 사실 별로 추고 싶지도 않다. 한계인가?

'하지만 난 하지수야. 이제 몇 달만 지나면 중3, 곧 고등학생이 된다고. 내가 하고 싶은 거, 내가 좋아하는 거, 내가 잘하는 걸 지킬 수 있는 하지수. 엄마도, 쌤도, 심사 위원도, 선재도 나를 도울 수 있을지는 모르지만 나를 대신할 수는 없잖아. 하지수는 하지수가 지키고 키운다. 판소리의 장점을 알았으니까, 이제 트로트를 더 열심히 할 거야. 트로트 황태자의 진가를 보여주겠어.'

선재가 말을 건다.

"지수야, 너 모르지? 옛날에는 이 근처가 다 복숭아밭이었대. 오면서 봤잖아. 복사골 축제, 소사 복숭아 마을, 부천시 상징화 복숭아꽃…… 1970년대쯤 공장이 들어서면서 복숭아나무를 전부 뽑아버렸대. 할아버지 밭만 남은 거지. 여기 복숭아 엄청 맛나. 백도. 얇은 껍질을 벗기면 물이 줄줄 흘러. 아기 궁둥이 같아. 얼굴을 박고 빨리 먹어야 돼. 씨는……."

"아, 됐어. 엄마 생각 나. 울 엄마도 백도광이야. 요맘때만 되면 수오당 복숭아 얘기하서. 무용치마 어쩌고 돌담 물소리가 어쩌고……. 복숭아 다 먹은 다음 대추만 한 씨를 입에 넣고 호물호물 종일 빨아먹는 짓, 나도 많이 해봤어. 엄마랑."

「심청가」 완창 뒤 극장 지하 리셉션 때 엄마는 유독 겉돌았다.

조은필, 이금산, 안빛나, 이선재, 강경준…… 모두들 아는 사람들에 둘러싸여 하하 호호 하는데 엄마는 먹지도 않고 웃지도 않고 눈으로 아들만 붙어 다녔다. 15년 전, 민요계에서 같이 활동했던 옛날 친구들을 피하는 눈치였다. 아는 척, 잘난 척하는 친구들 사이에서 억지웃음을 짓느라 힘들어하는 게 보였다. 지수는 선재를 떠나 엄마 곁을 지켰다. 미색 원피스, 미색 핸드백에 틀어 올린 머리가 잘 어울리는 엄마. 아들이 싫어할까 봐 분홍 스카프도 안 맸다.

"뭐야, 왜 눈이 벌게. 또 설쳤어, 잠?"

"……."

"날밤 샌 거, 빨간 눈알이 인증이야. 왜 못 잤어? 내가 창극 실수할까 봐?"

"……."

"아빠 친구, 선재 아빠랑 울고불고했구나, 오랜만이라고."

"……."

"아, 뭐야. 왜 갑자기 벙어리 모드냐고. 나 폭발하는 거 기다려? 엄마. 나, 옛날 찌수 아니야. 나 이제 진짜로 눈치 백 단 심령술사 하지수야. 소리공방 눈칫밥 먹느라 철 좀 들었다고. 그러니까 다 말해."

엄마가 벙어리 모드일 때는 지수도 코드를 맞춰야 한다. 이른바 비상사태. 뭔가 안 좋은 일이 있다는 거다. 아들이 알면 시끄러운.

'뭐, 이런 깡 시골이 다 있어.'

차가 덜컹거리자 짜증이 확 난다. 속말을 읽은 듯 선재가 지수의 눈치를 살핀다. 어리바리 이선재. 복숭아밭 여기저기를 손짓하며 설명한다. 지수의 귀에는 그냥 웅웅 파리 날갯짓 소리로 들린다.

복숭아나무.

복숭아나무는 머리 풀고 물구나무 선 엄마 같다. 땅에 머리를 박고서 제 몸뚱이 굵기의 팔다리를 사방으로 벌린 엄마. 가지가지에 분홍빛 복숭아를 제 몸뚱이보다 많이 매달고 휘청거린다. 복숭아를 다 떨구기 전에는 죽을 수도 없는 나무다.

"내 잘못이야. 내가 잘못했어. 실수로 생긴 아이 지우라고, 지금은 능력 꽝이니까 일단 지우고, 이다음 성공해서 명창 된 뒤에 흥부처럼 열두 명 낳아서 축구팀 만들자구. ……아빠가 그랬는데, 그런데 내가 고집했어. 다 내 잘못이야. 동국 씨 갈 사람 아니야. 날 버리고, 어떻게 날 버리고 가겠어. 우리 동국 씨 그렇게 독한 사람 아니야. 다 나 때문이야. 내 똥고집 때문에……. 불쌍해서 어떡해. 사랑해, 동국 씨."

사랑은 개뿔!

제삿날마다 질질 짜는 말라깽이 아줌마 박은희. 엄마의 눈물을 안 볼 수만 있다면 간이라도, 심장이라도, 머리통이라도 팔고 싶다. 엄마는 제삿날마다 노래한다.

> 사랑이 거짓말이
> 임 날 사랑 거짓말이
> 꿈에 와본다는 말, 그 더욱 거짓말이
> 나같이 잠 아니 오면
> 어느 꿈에 뵈오리
>
> 「사랑이 거짓말이」

'주책망책! 누가 새우튀김 튀기래! 누가 장마철에 나무다리 건너래! 누가 갓난아기 안고 튀래! 그냥 놔두고 튀면 되잖아. 산 목숨 죽겠어? 누군가 거두겠지. 아니면 보육원에 갖다주겠지. 자기 몸뚱이 하나도 어떻게 못하면서 애를, 왜 애를 안고 튀냐고. 그러니까 망하잖아. 나도 같이 폭삭 망하잖아. 개떡!'

속이 꼬인다. 꼬이기 시작하니 더 꼬인다. 꼬이다 못해 뒤집힌다. 뒤집히기 시작하니 더 뒤집힌다. 이유를 알 수 없다.

"저 멀리 보이는 산, 수오당 뒤쪽에 보이는 허연 게 부엉이 바위이야. 원미산 줄기래. 더 멀리는 매봉산이고, 그리고 수오당 오른쪽은 김포 방향, 앞쪽은 인천 방향, 맑은 날 대청마루에 서면 서해 바다가 시원하게 보여."

　　　　　　　　　　　　　　　　어쩌다, 트로트

"누가 물어?"

바다 쪽을 가리키던 손을 든 채 머쓱해하는 선재를 보니 더 환장할 지경이다.

'이럴 때 웃어주면 얼마나 좋아. 헤헤 소리 내서.'

지수는 팔을 뻗어서 복숭아를 딴다. 껍질이 털투성이다. 청바지에 쓱 닦아서 한 입 문다. 물컹하고 달달한 느낌. 복숭아살이 물처럼 목구멍으로 넘어간다. 껍질을 모아서 멀리 뱉고 씨는 입안에서 굴린다. 이빨로 깨려고 해도 씨는 도무지 깨지지 않는다. 병마개도 따고 호두도 깨고 닭뼈도 씹어 먹던 이빨인데.

'이런 단단함으로 그런 물컹하고 단 살을 키웠나.'

선재가 하나 따서 껍질을 조심조심 벗긴다. 껍질을 다 까니 복숭아가 정말 갓난아기 궁둥이 같다. 먹기가 아까운지 손바닥의 알몸 복숭아를 눈높이로 올린다.

"사람들은 하나의 복숭아에 씨가 몇 개 들어 있는지 안다. 그러나 씨 한 개에 몇 개의 복숭아가 들어 있는지는 모른다."

영화 「나랏말싸미」

"집어치워. 그딴 영화 대사."

걸어 올라가는 길이 지옥이다. 아무것도 보이지 않을 정도로 캄캄하다. 복숭아밭, 부엉이 바위, 서해 바다를 얘기하는 선재.

바로 옆에서 쭈뼛쭈뼛 걷는 선재가 보이지만 보이지 않는다. 혼자다, 혼자. 왜 이렇게 심정이 고약해지는지 지수 자신도 자신을 모른다. 그냥 한없이 쪼그라드는 기분이다.

"괜히 왔어."

"응? 뭐라고?"

아, 개떡! 귀먹었어? 너, 내 인간성 시험해? 니가 뭔데 나를 악마 만들어!

튀어나가려는 말을 용케 잡는다.

침묵. 이제부터 입 다문다. 입을 열면 미칠 것 같다. 하지수인데, 하지수가 아닌 것 같다.

어제 전화가 왔다. 엄마의 말소리가 이상했다. 리셉션 때의 벙어리 모드를 풀 낌새다. 지수는 바짝 긴장했다.

"황 봉사, 진짜 근사했어. 아들이 제일 튀더라. 스승님도 잘하시고. 어쩌나 슬픈지, 엄마 많이 울었어. 응원단장, 추임새 부대하려다가 엄청 참았다. 설치다가 분위기 깰까 봐서. 근데 너 집에 언제 올 거니?"

"봐서. 내일이나 모레."

"그래? 다음 주에 오는 게 좋은데."

"왜? 지방 공연 있어?"

"아니, 아무튼 그래."

"뭐가 아무튼이야? 은희 씨, 속이는 거 있지? 아들이 눈치 백 단 심령술사인 거 까먹었어?"

"아, 그래그래. 사실……. 너 없는 동안 이사했어. QM에서 네 트레이닝 비용을 보내달라는데, 계약과 다르지 않느냐고 버텼 더니 네가 지난번에 대상을 못 타서 좀 어렵대. 안 보내면 연말 대회 망칠 수도 있다는데 어떡해. 또 연립 얻을 때 빌린 돈도 이 자가 불어서 무섭고. ……이제 좋아, 찌수야. 연립 빼서 QM 주 고 원룸으로 이사하니까 속이 다 시원하다. 이제 큰 빚은 없어. 염려 마. 우린 가수잖아. 모자 가수. 우리나라에 커피숍 다음으 로 많은 게 노래방이야. 어디를 가도 노래만 부르면 우리 둘 굶 어죽지는 않는다, 이 말씀이야. 너, 소리공방에서 좀 버티다가 다음 주에 와. 지금은 발 디딜 틈이 없어. 살림을 버린다고 버렸 는데, 아휴우, 아무튼 정리 좀 하거든 와. 여기 짱 좋아. 방이 아 주 커. 부엌, 화장실이 같이 있어서 좋아. 산 밑이라 공기도 좋 고, 마을버스도 다니고."

수다 떠는 핸드폰을 주머니에 넣었다. 그래도 엄마의 목소리 는 계속 머리통을 울렸다.

'얘는 얼마나 알고 있을까.'

지수가 쌀쌀맞게 대하니까 선재는 약간 떨어져서 걷는다. 침 묵은 하지만 거짓말은 모르고, 힘은 있지만 쓸 줄 모르는 어리바리 이선재. 별종이다. 지수가 대답을 안 하거나 인상 쓰면 안절부절못하는 물렁이다. 무슨 일인지도 모르면서 자기가 잘못했다고, 자기 탓 먼저 하는 게 물렁이들의 특징이다. 선재는 아버지와 할아버지한테 들었을 테지만 그래도 엄마만큼은 모를 것이다. 엄마는 당사자니까.

선재도 뭔가 알기는 아는 듯했다. 지난번 분홍 액자의 사진을 볼 때 눈빛이 그랬다.

"궁금한 게 있어."

"응?"

긴장해서 눈을 맞보지 못하는 선재. 지수는 물병의 라벨을 읽으면서 생각했었다.

'속이거나 변명할 아이 같지는 않다. 그렇지만 오늘 처음 만났으니까, 궁금해도 참자.'

어쩌다, 트로트

수오당이 뭐야?

•••
지수

"궁금한 게 있어."

"응?"

말 걸어준 게 반갑다는 듯 선재가 다가온다. 수오당 솟을대문이 보인다. 대문 안에 사람이 많다. 우리를 발견한 사람들이 대문을 나온다. tvN, MBC, KBS. 마이크를 든 사람, 카메라를 든 사람, 핸드폰으로 뭔가를 쓰는 사람. 색다른 뉴스를 찾아 더듬이를 움직이는 언론방송계 사람들이다. 판소리 공연장에서는 사진만 찍고 사라진 사람들 아닐까. 낯선 사람들에 떼밀리듯 대문 안으로 들어서는 쌤의 표정이 편하지 않아 보인다.

"이번에 운경 선생님이 수오당을 개방한 특별한 이유가 있나요? 15년 동안 두문불출하셨잖아요."

"돌아가신 제자 하동국 씨를 판소리 전수자로 지정하겠다고 명단을 문화재청에 올리셨다는데 사실입니까?"

"운경 선생님께서는 인간문화재 발표회를 거부하셨습니다. 15년 동안 한 번도 무대에 안 서셨어요. 그래서 문화재 지정 취소를 위한 심의 위원회가 곧 열릴 것으로 알고 있는데요. 그에 대해 조은필 선생님께 한 말씀 부탁드립니다."

운경의 제자이긴 하지만 쌤께 던질 질문은 아니다. 할아버지에게 대답을 얻지 못한 게 분명하다. 쌤은 대청마루에 올라가서 양복 앞섶을 여민 다음 왼쪽으로 큰절을 올린다. 미루어보아 그 방 안에 운경 할아버지가 있는가 보다.

'뭐야. 기자들이 이렇게 많이 왔는데, 자기 집에 손님들이 왔는데 방 안에 있다? 그럼 대문은 왜 열어? 열었으면 손님맞이를 해야 하는 거 아니야? 신비주의자인가? 안 나타날수록 대중은 궁금해하니까? 왕 꼰대. 잘났어, 정말.'

어떻게 해서든 한 번이라도 더 카메라 앞에 서려고, 방송과 신문의 관심을 받으려고, QM에게 찍히려고 날뛰던 가수 지망생 하지수. 왠지 기분 더럽다.

"저, 이건 좀 다른 질문인데요, 조은필 선생님."

한 여자가 쌤에게 마이크를 댄다. 인터뷰와 딴판인 기사가 검색 1순위로 뜬다고, 기자들이 없는 말을 뻥 튀겨서 소설 쓴다고 방방 뜨던 연예인들 생각이 난다.

"선생님, 여기 부천시가 산업공단이 된 건 오래전입니다. 우

어쩌다, 트로트

리나라 첫 복숭아 생산지인 부천이 오늘날 대규모 테크노 밸리로 변신하지 않았습니까? 그런데 이곳 수오당은 부천의 중심지이면서도 아주 딴세상 같네요. 옛 부천의 복숭아밭 분위기가 그대로, 네, 그대로 무릉도원 같네요. 규모가 1000평 넘는 밭은 부천에서 딱 한 군데, 여기 하 명창 복숭아밭뿐입니다. 복숭아를 판매는 안 하고 모두 어디다 기증하신다고 들었습니다. 아무튼 요점은 대기업에서 이 땅이 필요하다는데, 운경 선생님은 대답을 안 하신다 이겁니다. 그 이유가 뭔지 조 선생님은 아십니까? 아, 어느 음악 잡지에선가 운경 선생님의 글을 읽은 적이 있습니다. '땅은 판소리와 같다, 잘 가꾸어서 다음 세대에게 물려주는 게 어른의 도리다'라는 내용으로 기억합니다. 너무 한가한 말씀 아닌가요? IT 시대, 세계가 자본의 살벌한 전쟁터인데, 젊은이들이 이 전쟁에서 살아남도록 물심양면 나서야 하는 게 어른의 도리 아닌가요? 판소리와 복숭아로 사람을 즐겁게 할 수는 있겠지요. 그러나 물고기를 주지 말고 물고기 잡는 법을 가르치라는 말도 있듯이, 젊은이들 일자리를 늘리기 위해 공장을 더 세우고⋯⋯."

쌤이 뒷문을 연다. 크고 작은 항아리들이 줄 서 있다. 드문드문 실바람에 갸웃거리는 보라색, 하얀색, 분홍색 코스모스가 보인다. 그 뒤로 키 높은 대나무 밭이 있다. 쌤은 넓은 돗자리를 대청마루 한가운데에 편다. 안쪽 가운데쯤에 자리를 잡아서 앉는다. 기자들에게 올라와 앉으라는 정중한 손짓을 한다. 오래 걸릴 게 뻔하다.

튀자.

지수의 눈짓에 선재가 고개를 젓는다.

"인사 드려야지, 할아버지께."

"저 인간들 다 꺼지거든 오자."

지수는 대문 옆 돌담을 돌아서 물소리를 따라간다. 물소리는 들리는데 나무가 우거져서 가늠이 안 된다. 돌담에서도 한참 떨어진 곳에 개울이 있다. 엄마는 폭포라고 했지만, 그냥 두 팔 너비의 비탈진 개울이다. 물이 투명하고 돌들이 깨끗하다. 나무 그늘을 찾아 들어가니 시원하다. 잘 튀었다 싶다. 꼰대들 똥폼 잡는 건 보기만 해도 숨 막힌다.

"수오당이 뭐야? 무슨 뜻이냐구. 한문이 어려워."

앉을 자리를 찾던 선재가 지수를 뒤돌아본다. 지수의 웃는 얼굴을 보니 사이다 한 모금 마신 기분이다.

"까마귀가 부끄럽다는 뜻이래."

"응?"

"까마귀는 어른 까마귀나 아이 까마귀나 모두 새까맣대. 그래서 자기들끼리도 누가 누군지 잘 모른대. 내 부모나 남의 부모나, 내 아이나 남의 아이나 모두 까마니까. 그래서 큰 벌레를 잡으면 내 부모, 남의 부모 안 가리고 입에 넣어준대. 작은 벌레를

어쩌다, 트로트

잡으면 내 아이, 남의 아이 안 가리고 입에 넣어준대. 진짠지 아닌지는 나도 몰라. 할아버지가 그러셨어. 수오당, 너희 할아버지 하방울 선생님이 지으신 이름이래. 이 집을 개축할 때."

"……."

"수오, 옳지 못함을 부끄러워하고, 착하지 못함을 미워한다. 사람들아, 까마귀를 본받아라. 이해했어?"

"너, 무슨 소리야?"

"다시 말해줄까?"

지수는 선재의 팔을 잡는다. 팔을 잡았을 뿐인데 선재가 중심을 잃고 휘청댄다. 다시 어깨를 잡는다. 당황하는 선재의 표정을 보니 맥이 빠진다.

'너무 센가. 미안, 미안해. 나 미쳤나 봐.'

손의 힘을 풀고 물가의 방석만 한 바위를 찾아서 앉는다. 물소리를 들으니 살 것 같다. 운동화를 벗고 양말을 벗은 다음 발을 물에 넣는다. 선재도 따라 한다. 선재의 하얀 발을 보자 갑자기 가슴이 먹먹해진다. 지금껏 살면서 선재 같은 친구는 처음이다. 때로는 동생처럼 어려 보이다가도 때로는 형처럼 든든하고 때로는 따뜻한 난로 같은 친구다. 지난 몇 달 동안 트로트를 가르쳐주고 판소리를 배우면서 정말 즐거웠다. 음악적 친구라는 게 이런 거구나, 실감이 났다. 그런데 이제 헤어질 때가 된 것 같다.

'너 없이 살 수 있을까?'

콱, 목이 막힌다.

'이 무슨! 하지수! 너 게이냐!'

울컥, 용수철처럼 튀어 오른 얼음 기둥이 제힘으로 녹아내리기를 기다린다.

엘사는 안나를 괴롭힐 생각이 없다. 안나에게 마법이 퍼질까 봐, 안나마저 얼음 공주가 될까 봐 멀리하는 것이다.

영화 「겨울왕국」

선재를 괴롭힐 생각이 없지만 자꾸 얼어붙는 자신을 지수도 어쩔 수 없다. 착한 척하는, 착한 병에 걸린 인간들을 지수는 잘 안다. 선생님 앞에서는 세상에 둘도 없이 착한 표정을 짓던 아이들. 집으로 돌아가는 길에 지수를 둘러싸고 뺑 뜯던 아이들. 힘으로 못 할 것도 없지만 엄마를 생각하고 꾹 참던 나날들. 새로 산 후드티를 뺏기고 돌아온 지수에게 엄마가 말했다.

"같이 싸운 게 아니라 얻어맞기만 했다니, 다행이다. 그깟 옷 새로 사면 되지. 그래, 언제든지 힘들 때는 참자, 참자, 참자, 세 번만 생각해, 지수야. 살인도 막는 게 바로 참을 인자야. 하긴 넌 착해빠져서, 아빠 닮아 물러 터져서 누구랑 싸움질할 종자도 못 된다만."

어쩌다, 트로트

"다시 말해줄까, 지수야?"

이유도 모르고 휘청댄 선재는 또 그 멍청한 웃음을 웃는다. 착함은 폭력을 부른다. 폭력은 착함을 시험한다. 재잘재잘 걸어오던 조무래기들이 지수 앞을 조심조심 지나갈 때 온몸을 찌르르 울리는 폭력의 힘을 선재는 상상하지 못할 것이다.

야!

부르기만 해도 도망가는 생쥐 새끼들. 쓰지 않아도 힘은 제 힘으로 빛나나 보다. 선재의 참을성은 어디까지일까. 진짜 착하기나 착한 놈인가? 우정 반지를 뺄 때가 되었나?

선재, 우리 그동안 너무 잘 지냈어. 수탉끼리는 원래 싸우는 게 본성이라는데 어때, 우리 한번 붙어볼까?

"지수야, 수오의 뜻, 다시 말해줘?"

"왜 자꾸! 너 뭐야, 왜 한국말을 못 알아먹어!"

"뭐, 그런가, 그렇지? 그런데 지수야, 나 진짜 모르겠어. 까마귀 이야기가 아니고, 네가 진짜 궁금한 게 뭔데? 차근차근, 천천히 나 좀 알아듣게 말해줘."

휴우.

지수는 가슴을 쓸어내린다.

차근차근, 천천히, 느리게, 낮게, 작게.

선재의 음성을 들으면서 지수는 얼음 기둥이 조금씩 녹아 물로 흐르는 걸 느낀다. 선재의 말투를 흉내 내어 느리고도 작게 또박또박 대답한다.

"선재야. 네가 아까 말했잖아. 하방울 선, 아니, 우리 할아버지가 이 집을 개축했다고. 내가 들은 말이 맞아? 내가 제대로 듣고 이해한 거냐구."

"난 그렇게 들었어, 지수야. 우리 할아버지, 운경 이응화 할아버지한테 직접 들었어. 나 어릴 때부터 이 동네 사람들이 우리 집을 하 명창 댁이라고 불렀어. 하 명창 댁 복숭아가 최고라고."

하 명창 복숭아!

유체 이탈. 머리를 복싱 글러브로 맞은 듯하다. 지수는 말없이 물을 만져본다. 어디서 온 물인가. 어디로 가는 물인가. 이 물은 어디서 와서 어디로 가고 있는 줄 알고 있을까. 알 필요가 있을까.

'알아야지! 망하더라도 알 건 알아야지.'

지수는 선재의 눈을 찾는다. 서글서글한 눈을 보니 가슴이 따듯해진다. 아무 핑계나 대고 한번 붙으려던 마음이 너그러워진다.

"선재야, 사실 난 잘 몰라. 내가 어리다고 엄마가 자세히 얘기를 안 해준 것 같아. 너네 할아버지랑 우리 할아버지가 절친인 건 알아. 같이 수오당에서 판소리 공부한 것도 알아. 아빠가……."

또 콱, 얼음 기둥이 솟는다. 아빠 얘기는 하고 싶지 않다. 결혼식도 미루고 혼인신고만 한 스무 살 여자와 백일 된 아들을 버리고 간 이기주의자. 판소리가 뭔데, 판소리 무대를 망친 것도 아니고 구경꾼이 적은 게 기분 나쁘다고 바위에서 뛰어내린 멍청이. 제자의 망가진 몸뚱이를 본 스승은 음식을 끊었고, 남편을 잃은 여자는 아이를 뺏길까 봐 숨고.

……박수부대라도 사서 자리를 채우면 되잖아. 기분 나쁘다고 혼자 사라져? 미쳤어? 개떡 망떡! 하동국! 너를 용서할 수 없어. 죽는 날까지!

따뜻한 작별

엄마가 자주 드나드는 홈페이지다. 자살 유족을 위한 온라인 공간이다. 사랑하는 사람을 떠나보낸 유족들이 서로를 위로하고 이야기를 나누는 소통 공간이다.

사랑하는 사람의 자살을 아무에게도 알리고 싶지 않지만
자살이 남은 이에게는 얼마나 고통스러운 일인지 알아줬으면 싶습니다.
너무나도 보고 싶습니다.
그립습니다.
하지만 화가 날 때도 있습니다.
속이고, 숨기느라 너무 애쓰지 마세요.
얘기해도, 기억해도, 함께해도 괜찮아요.

세월호, 천안함 같은 사고사는 노랑이지만 '따뜻한 작별' 홈페이지의 바탕화면은 분홍이다. 노랑은 '기억하고 있으니 돌아오세요', 분홍은 '언제까지나 당신을 사랑해요'의 의미란다. 엄마의 닉네임은 은니다. 드나드는 이름들 중에 엄마가 자주 댓글을 다는 사람들이 있다.

금도끼, 은피리.

자살 유족을 위한 공간에는 기억 저장란이 있다. 분홍 액자 사진도 거기에 저장되어 있다. 볏단을 지고 노래를 부르는 흥부와 놀부와 고수. 한 사람은 죽고 두 사람은 살아 있으나, 살아도 산 것이 아니라는 뜻일까. 아빠는 살인마다. 박은희, 이금산, 조은필, 운경, 그리고 하지수의 삶을 매장한 살인마다. 그러면 아빠를 죽인 사람은 없을까? 사람들이 판소리를 싫어하는 게 아빠를 자살로 몬 이유가 될까. 어렵다.

'지난 일이잖아. 좋은 일이든 나쁜 일이든, 다 지난 일이야. 엄마가 그랬어. 지난 일은 앞을 막는 걸림돌이 아니라 앞으로 나가는 디딤돌이라고. 그런데 지금 도대체 왜 막히는 거야? 쪽팔려서? 슬퍼서? 걸림돌이 왜 생겼는지, 어떻게 생겼는지 확실히 알아야 앞으로 발걸음을 떼지. 이렇게 캄캄한데 어떻게 발을 떼겠어. 내가 태어나기 전 일을 못 물어본다면, 친구 사이가 아니지. 절친이 아니지.'

두 발로 반들반들한 물돌을 쓰다듬는다. 얼마나 많이 물살에

어쩌다, 트로트

시달려야 이렇게 닳고 닳을까. 얼마나 내공이 깊어야 장마철에도 떠내려가지 않고 이 자리를 지킬까. 지수는 선재를 똑바로 본다. 위기는 기회다. 기회는 자주 있는 게 아니다.

"선재야, 너 아는 거 나도 알아. 아빠가 완창 발표회할 때 중간에 사람들이 다 나가버려서 빈 극장에서 혼자 소리하셨다는 얘기, 다시는 판소리 안 하신다고 운경 사부님 곁을 떠나셨다는 얘기, 아니, 그게 아니고 큰 극장을 빌리고, 신문마다 광고 때리고, 그러다가 빚 져서, 도저히 어떻게 할 수 없어서, 그래서……. 떠나신 거 알아. 그 일로 너네 할아버지가 수오당을 은행에 잡히고, 그 빚 때문에 너네 아빠가 판소리를 접고 돌 광산을 시작하셨다는 것도……."

"나도 거기까지야. 더 아는 거 없어, 지수야."

"그래? 아닐 거야. 너 아까 그랬잖아. 수오당 이름을 하방울 할아버지가 지었다고. 이 집을 우리 아빠의 아빠, 하방울 할아버지가 개축했다고. 내가 제대로 들은 거 맞지? 개축은 집을 고쳤다는 뜻 아니야? 우리 할아버지가 리모델링한 집 수오당, 그런데 지금은 너네 할아버지가 살잖아. 이것 좀 어떻게 설명해봐. 내가 알아먹을 수 있게."

통통통통

두 발로 물을 차면서 선재는 말이 없다. 어디까지 알고 있는지, 어디까지 말해줄 것인지, 선재의 판단에 맡긴다. 지수는 기다린다. 기다리지 못하면 선재를 잃을 수도 있다고 생각한다. 잃다니, 상상하기 싫다. 선재, 이선재는 진짜다. 지금까지 한 번도 본 적 없는 진짜다. 사람들이 왜 영원을 맹세하는지 지수는 이해할 수 있을 것 같다. 큰돈이 생기면 우정 반지를 바꾸고 싶다. 우정만큼 반짝반짝하고 참된 것으로. 영원히 변치 않는다는 다이아몬드로.

"야, 이선재. 너 망설이는 거 다 알아. 거짓말 안 할 것도 다 알아. 하기 싫음 안 해도 돼. 하지만, 사실은 진짜 궁금해. 네가 알고 있는 걸 다 말해주라, 선재야. 나 이래 봬도 맷집 세. 중2라고 다 같은 중2 아니야. 난 너랑 달라. 난 오뚜기야, 오뚜기. 수십 번, 수백 번 넘어져서 망가지고 부서져도 다시 합체해서 벌떡 일어나는 로봇 병기 터미네이터. 너 같은 물렁이, 너 같은 온실 속 화초가 절대 아니라구. 절대!"

통통통통

시원하다. 물이 시원하다. 공기가 시원하다. 말을 뱉고 나니 꼬인 속이 좀 풀리는 기분이다.

'설명 따위 안 들어도 되지 않아? 수오당이, 할아버지들 옛날 일이 나랑 무슨 상관이야.'

조금 더 편해진다. 그래도 궁금하다. 다행히 선재는 밀당하지 않는다. 에둘러 말하는 법도 모른다. 기다리면 꾸미지 않고 아는 그대로 다 얘기해줄 아이가 분명하다. 선재에게는 상대방을 착하게 만드는 힘이 있는 것 같다.

"잘은 모르지만, 지수야, 울 아부지 말씀으로는……. 아, 진짜 힘들다. 이건 어른들 얘기라 사실 난 하고 싶지 않지만, 너도 언젠간 알게 될 테고, 또 알아야 하고. 그래도 난 네가 그냥 남의 집 얘기처럼 편하게 들었으면 좋겠어. 지수야, 어른들의 옛날 일로 우리 사이가 나빠지거나 네가 힘들어하는 거, 난 무서워."

"……그래. 알았어, 선재야. 내 염려는 마. 난 옛날 생각하며 징징 짜는 그런 구린 놈 아니야. 신경 끄라구."

"그래, 그래서 난 네가 좋아. 형 같아, 진짜."

"…….."

"너네 할아버지는 일찍 결혼하셨대. 아이도 있고 그랬는데 수오당에 소리공부하러 온 여자와 서로 좋아하게 되었대. 그때는 간통죄 이런 게 있어서, 들키면 바로 감옥으로……. 경찰을 피해 도망가면서 우리 할아버지가 너희 할아버지에게 부탁했대, 다."

"다, 다라니."

"지금 네가 짐작하는 거, 다. 병든 어머니와 부인과 아이, 복숭아밭이랑 이 수오당까지 다. 꼭 돌아올 테니 그때까지 부탁한다고 하셨다는데 지금까지 소식이 없으시대. 우리 아부지 아기 때 얘기니까 벌써 30, 40년 전."

"…….."

"할아버지는 너네 어머니를 많이 찾으셨어. 하방울의 아들은 이 세상에 없지만 아들이 남긴 가족, 박은희와 그 아들에게, 원래 주인에게 돌려줘야 한다고. 수오당을."

별들의 전쟁

. . . .

선재

내 젊음을 엮어서

내 영혼을 엮어서

사랑했던 여인

연상의 여인

「연상의 여인」

"쪼끄만 게, 중삐리가 뭔 연상의 여인이래. 쟤 진짜 러브 홀릭
아냐? 경험 없이 어떻게 저렇게 절절하게 부를 수가 있어. 가수
라도 그렇지, 저렇게 감정을 잡을 수가 있단 말이야? 중2인 거,
안 믿어지네."

"쟤 노래 듣다 보니 나도 연애하고 싶네. 어디 괜찮은 연상의
여인 좀 찾아볼까?"

"야, 고음 장난 아니다. 정말 대단하네. 난 쟤 대상에 한 장 건다. 이번 대회는 대상 한 명에 우수상 세 명을 뽑는다며. 쟤하고 안빛나, 아까 「열아홉 순정」 부른 걔랑 피 튀길 것 같아."

"난 열아홉에 걸게. 민요인지 트로트인지, 여자애 노래 들으면 운전대가 저절로 굴러갈 것 같아. 이미자 찜 쪄 먹을 실력이야. 난 두 장 건다."

뒷자리에서 아저씨들이 떠든다. 지수 어머니는 지수의 노래에 완전 빠졌나 보다. 아니면 하지수를 보면서 하동국을 떠올리는 걸까. 무대 양쪽의 화면에서 가족석을 훑을 때에도 눈을 감고 있다. 앞좌석 중앙에 선재와 나란히 앉아 있지만, 완전히 다른 곳에 계신 듯하다. 선재는 다시 무대를 본다.

못 다한 사랑이
못 다한 내 노래가
그리운 마음에서
당신 곁을 스치네

선재는 궁금하다. 하지수의 사랑은 누구일까. 빛나 누나? 좋아하긴 하지만 빠진 것 같진 않다. 어머니?

못 다한 사랑.

누구에게나 못 다한 사랑이 있지 않을까. 할아버지는 자신의 잘못으로 제자가 죽었다고, 자신이 챙기지 못해서 지수 어머니가 숨었다고 자책하신다. 선재가 이해하기에 할아버지의 못 다한 사랑은 절친 하방울이거나 그 아들, 하동국이다. 아버지는 자신이 무능해서 동국이가 죽었다고, 자신이 어리석어서 동국이 가족이 고생했다고 자책하신다. 아버지의 못 다한 사랑은 친구거나 그 가족이다. 쌤의 못 다한 사랑 역시 친구라고 선재는 생각한다. 스승 운경 할아버지의 판소리가 하동국에게 이어져야 하는데, 자신의 잘못으로 친구가 죽었다고, 자신이 잘못해서 친구도 잃고, 판소리도 끊어질 위기에 처했다고 탄식하신다.

못 다한 사랑.

지수의 못 다한 사랑은? 지수의 에너지 원천은? 저 애절함의 뿌리는?

"너구나."

지수는 할아버지께 큰절을 올렸다. 수오당을 들썩이던 방송국 기자들이 다 간 뒤였다. 궁금한 게 더 있을 터인데, 지수는 한 방 맞은 듯 입을 닫았다. 말없이 운동화를 신고서 개울을 떠나 수오당 쪽으로 걸었다. 선재도 더 말하고 싶지 않았다. 수오당이 은행에 잡혀 있다는 건 알고 있지만 자세한 내용은 선재도 몰랐다. 소리공방을 닫을지도 모른다는 쌤의 말씀도 지수에게 전하고 싶지 않았다. 며칠 전, 아버지에게 들은 말 역시 지수는 모를 터였다.

"부천시 의회하고 오성그룹하고 붙었어. 의회에서는 수오당을 맡아서 부천시의 상징적인 관광지로 만들겠단다. 판소리전수회관을 짓고, 수오당 뒤에다가 관광버스 주차장을 만든다나. 부천시가 관리를 맡는 대신 주인이 수오당에 사는 조건이란다. 물론 명의는 시로 넘겨야겠지. 오성그룹의 조건은 부천시와 달라. 테크노 밸리 단지에 과학전문대를 세우는 데 이 땅이 꼭 필요하다고, 수오당과 복숭아밭을 이대로 새만금 개발단지로 옮겨주고 인천에서 새만금 가는 길을 4차선 아스팔트로 깔아줄 테니 넘기라고. 오성이 내미는 액수가 괜찮더라만."

"아부지 생각은요?"

"글쎄다. 개인이 관리하기에는 수오당과 밭이 너무 커. 유지비도 많이 들고 세금도 많고, 어른들에게 1000평 복숭아밭 관리가 무리이기도 하고. 지난번에도 사다리에서 떨어지셨잖아. 이런 시골에서는 어떤 큰 사고가 날지 늘 조마조마하단다. 그렇다고 광산이 썩 잘되는 것도 아니니 난감하다. 할아버지가 사시는 동안은 어떻게 하든 유지하고 싶다만. 이 아름다운 곳, 나와 가족과 친구들의 추억이 어린……. 그러나 아름다움도 힘이 있어야 지키는 것이지. 판소리로 먹고사는 시대도 아니고, 복숭아로 먹고사는 시대도 아니니. 내가 보기에 수오당과 이 넓은 밭은

　　　　　　　　　　　　어쩌다, 트로트

애물단지야. 어디로 넘겨도 본 모습을 지키기는 어려워. 굳이
지키려면 우리가, 이곳을 사랑하는 우리가 살면서 지켜야겠지."

부욱.
절을 마치고 앉는 지수에게서 난 소리였다. 손으로 청바지 뒤
를 가리며 지수가 주위를 둘러보았다. 선재는 모르는 척, 못 들
은 척했고 쌤은 정말 못 들으신 듯했다. 안심한 듯 지수는 엉덩
이에서 손을 떼고 무릎을 꿇었다. 쌤이 편히 앉으라는 손짓을
하자 책상다리를 했다.
"너구나. 네가 동국이 아들이구나. 이름이 뭐냐?"
"지수, 하지수예요."
"……."
"어머니는."
지수는 눈을 내리깔고 대답하지 않았다. 입술이 심술궂게 튀
어나와 있었다.
"어디 사냐. 지금 사는 데가 어디냐."
갑자기 지수 눈에서 눈물방울이 뚝뚝뚝뚝 떨어졌다. 놀란 쌤
이 선재를 보았다. 선재도 알 수 없었다.
소리공방을 떠날 때부터, 수오당 복숭아밭 사이 길을 걸으면
서도 지수는 사나운 표정이었다. 개울에서는 선재를 밀치기도
했다. 할아버지 얘기, 수오당 얘기할 때는 성난 도사견 같았다.

두 달 넘도록 같이 살았지만 오늘은 전혀 선재가 아는 하지수 같지가 않았다.

우정 반지.

우정 반지를 나눠 낀 걸 후회하는 하지수를 느꼈다.

네가 싫으면 나도 싫어. 반지 빼줄까?

목구멍에 간질대는 말을 간신히 참았다. 이유를 알 수 없었다. 혼자서 지하 터널을 헤매는 것 같았다. 같이 있지만 같이 있는 게 아니었다. 개울에서의 하지수는 더 이상 향내 가득한 친구가 아니었다. 형도 아니었다. 그냥 굶어 죽기 직전의 도사견 같았다. 누구라도 잡아먹어야 허기를 면할 것 같은. 선재는 지수를 따라서 맨발로 개울물을 통통거렸다. 기다릴 수밖에 없었다.

"할아버지는 너네 어머니를 많이 찾으셨어. 하방울의 아들은 이 세상에 없지만 아들이 남긴 가족, 박은희와 그 아들에게, 원래 주인에게 돌려줘야 한다고. 수오당을."

"정말, 정말이야? 수오당이 우리 할아버지 집이라고? 울 엄마 집이라고? 정말이냐고, 이선재. 너 이 새끼, 이선재. 거짓말이면 콱 너 죽고 나 죽고, 알지!"

선재의 티셔츠를 잡았던 손힘을 풀고 지수는 으앙, 어린애처럼 울음을 터트렸다. 핸드폰을 껐다.

"아, 왜 전화 안 받아! 이 중요한 타이밍에, 은희 씨!"

어쩌다, 트로트

"안양에 살아요."

할아버지의 기다림이 민망한지 지수가 모기 소리를 낸다. 어머니가 다과상을 할아버지와 쌤 사이에 놓으신다.

"아범은 오늘 못 온다네요, 아버님."

할아버지에게 가볍게 목례하고 어머니는 마루로 나가신다. 지수의 눈이 어머니의 개량 한복을 따라간다. 하늘색 반팔 모시 저고리 치마다.

"마카롱을 좋아한다며. 선재가 그러더라. 네 아버지도 단 걸 좋아하셨다. 커피에 설탕 세 숟갈은 넣어야⋯⋯. 지수, 먹어봐라. 부천 마카롱 맛이 어떤지."

두 손으로 마카롱을 받아서 가만히 보는 지수. 마카롱을 접시에 놓고 일어나더니 할아버지께 큰절을 올린다.

"엄마가, 울 엄마가 마카롱을 좋아하세요. 제가 아니라 울 엄마가요, 할아버지. 고맙습니다, 할아버지. 정말요."

부욱.

디바이스 청바지가 드디어 속살을 드러낸다. 엎드려서 일어나지 않는 지수를 할아버지는 보신다. 벽에 걸린 분홍 액자 속의 하동국과 지수를 번갈아 보신다. 할아버지는 하지수를 하동국으로 아시나? 주름 많은 눈가에 물기가 어린다.

"꺄아! 꺄아!"

어머니가 일어나서 막춤을 추신다. 카메라가 놓치지 않고 어머니를 따라다닌다. 어머니는 관객석을 마주 보고서 두 팔을 번쩍 들고 치어리더 춤을 추신다. 완전 응원단장 포스다.

"꺄아! 꺄아! 찌수, 찌수, 찌수. 우리 아드을 찌수!"

방송국 사장이 지수에게 트로피와 상금 봉투와 꽃다발을 준다. 그 뒤로 안빛나, 강경준, 성선식이 우수상 트로피를 들고 서 있다.

"오늘의 대상 수상자 하지수 군에게 수상 소감을 듣겠습니다. 하지수 군, 거의 여덟 달 동안 긴 레이스를 펼친 끝에 쟁쟁한 경쟁자들을 물리치고 영예의 대상을 차지하셨는데요. 어떠신지요."

지수는 당연하다는 듯이 마이크를 잡는다. 여유 있게 객석의 1층과 2층, 3층을 둘러본다. 선재가 알던 곰돌이 하지수 같지가 않다. 완전 맏형 포스다.

"먼저 저와 같이 노래자랑에서 선의의 경쟁을 해주신 모든 가수 분들에게 감사와 위로의 말씀을 드립니다. 대상은 제가 받았지만 모두들 저보다 더 잘하시는 분들임을 저는 잘 압니다. 죄송하고 또 죄송합니다."

"아쭈! 쪼끄만 놈이 말은 잘하네. 그렇지?"

"중2라도 덩치는 어른들 맞먹잖아. 말투도 아주 의젓하네."

뒷좌석 아저씨의 수다가 거슬린다. 그래도 선재는 지수의 몸짓, 말짓에 집중한다. 지수가 그동안 얼마나 열심히 연습을 해왔는지 잘 알기 때문이다.

"특히 같이 경쟁해주신 어른 가수분들에게 감사드립니다. 8개월의 짧은 시간이었지만 그분들에게서 트로트에 대한 사랑과 열정을 많이 배웠습니다. 사실 그동안 저는 고민이 많았습니다. 어려서는 뭘 모르고 트로트를 불렀지만, 중학생이 되고 다양한 음악을 만난 후로는 제가 왜 어른들이 좋아하는 트로트를 부르는지 이유를 알 수 없었습니다. 어린애가 무슨 트로트냐, 동요나 불러라, 건방지다, 안 어울린다……. 어릴 때부터 어른들에게 이런 말씀을 들을 때마다 고민했습니다. 왜 트로트지? 트로트를 꼭 불러야 하나? 고민했습니다만, 이젠 확실하게 말할 수 있습니다. 저는 트로트를 좋아합니다. 사랑합니다. 특히 현인 선생님의 굵고도 맑은 목소리, 점잖게 노래 부르는 모습을 좋아합니다. 이제는 자신 있게 말할 수 있습니다. 트로트는 저에게 가장 잘 어울리는 음악입니다. 또 트로트는 사람의 마음을 위로하는 가장 한국적인 음악이라고 말할 수 있습니다. 앞으로도 여러 선배님들을 스승님으로 잘 모시고, 트로트를 더 잘 부르는 착실한 후배가 되도록 노력하겠습니다. 특히 민요와 트로트를 잘하는 빛나 누나, 사랑해요."

지수가 빛나 누나에게 가서 꽃다발을 안겨준다. 누나가 사나운 표정을 지으니까 껴안는다. 당황한 누나가 밀쳐내니까 더 꽉 껴안는다.

와아!

방청석에서 웃음이 터진다. 지수 어머니가 자리에 털버덕 앉으신다.

"미친! 연상의 여인이 쟤야? 빛나? 내가 안비춘 선생님 밑에서 공부할 때 유치원 다니던 꼬맹이가 많이 컸네. 제법이야. 그래두 이건 아니지. 이놈, 이따 두고 봐라. 뼈 빠지게 키워놨더니 지 엄마에 대한 인사말은 털끝도 없고, 벌써부터 밝혀!"

무대에서는 앙코르 곡의 반주가 흐른다. 무슨 노래지? 선재는 사회자의 말을 못 들은 게 아쉽다. 옅은 안개가 깔리고, 지수가 마이크 잡은 손을 힘없이 늘어뜨린 채 얼굴을 위로 치켜든다. 두 눈에 눈물을 담는다. 분장술의 효과인지, 아버지의 용서를 받지 못해서 죽지도 못하는 아들영화 「신과 함께」 필이다.

'노래 부르기 전에 눈물 먼저 떨어질까 봐 관리하나 보네.'

다 쇼라던 지수의 말이 생각난다. 이제 제대로 감정을 잡은 듯하다. 그렁그렁 두 눈 가득 눈물을 담고서 신라의 달빛 어린 밤으로 이동하는 능력자 하지수 포스가 작열한다.

"어쭈, 쟤가 무슨 노래를 부르려고 저렇게 표정이 어두워. 소름 끼치네. 앙코르곡이 뭐니, 선재야."

옆에서 지수 어머니가 선재를 툭 치며 속삭인다. 선재는 미소로서 고개를 젓는다. 지수의 표정은 정말 일품이다. 대상자라선

어쩌다, 트로트

가 더 리얼해 보인다. 진짜로 한이 많아서 못 떠나고 구천을 헤매는 영혼 같다.

산 설고 물 설고 낯도 선 땅에
아버지 모셔 드리고 떠나온 날 밤
얘야, 문 열어라

이게 무슨 노래지? 생각하는데, 옆에서 지수 어머니의 몸이 선재 쪽으로 쓰러진다. 어, 어, 하는데 마른 몸뚱이는 선재를 스쳐서 바닥으로 엎어진다.

"어머니! 어머니! 어머니, 정신 차리세요."

선재는 어머니의 몸을 흔든다. 두 뺨을 감싸고 흔든다. 눈을 뜬 채로 어머니는 조금도 움직이지 않는다.

"도와주세요, 지수야, 어머니가! 지수야!"

지수는 못 보나 보다. 객석이 안 보이나 보다. 사람들은 밝은 무대에 홀려서 컴컴한 객석의 변화를 알아차리지 못하나 보다. 선재는 좌석 앞으로 고꾸라진 어머니와 무대를 번갈아 본다.

잠결에 후다닥 뛰쳐나가
잠긴 문 열어젖히니
얘야, 문 열어라

널브러져서 꼼짝하지 않는 어머니. 일으킬 수도, 안을 수도, 업을 수도 없다. 기절한 사람이 얼마나 무거운가를 선재는 처음으로 깨닫는다.

얘야, 문 열어라
아버지 목소리 들릴 때마다
세상을 향한 눈의 문을 열게 되었고

「아버지」

어쩌다, 트로트

데스 매치

•••

선재

"아부지. 아부지! 아부지?"

"허허허, 껄껄껄, 그게 사실이면 이거, 허, 참, 이거, 믿을 수가 없구만."

"아부지!"

아버지는 못 알아들으신다. 리허설이 끝나고 옷을 갈아입을 때 온 전화다. 무대복을 벗고 양복바지를 입고 와이셔츠 단추를 채우다 말고 아버지는 밖으로 나가신다. 선재는 넥타이를 들고 따라나선다. 댓돌에서 아무 슬리퍼나 꿰신고서 행랑채, 바깥채, 별당, 연못을 지나는 아버지를 따라다닌다. 돌담 밖 개울로 가려다가 발길을 돌려 돌담 옆 중문을 지나신다. 안채를 지나 사랑채 아래에 이르러서 걸음을 멈추신다. 아직도 아들을 못 보신 모양이다. 오랜만에 듣는 아버지의 너털웃음이 반갑다. 멀찍이

서서 선재는 기다린다. 아버지가 발견할 때까지.

"허허허, 정말 믿기지가 않네. 아, 그래그래. 그게 좋겠어. 서류를 찍어서 좀 보내봐. 자세히 읽어보게. 껄껄껄."

여섯 개의 돌계단 위, 길고 넓적한 댓돌 위가 사랑채다. 사랑채를 둘러가며 쪽마루가 깔려 있고, 그 위는 난간이다. 복숭아밭이 내려다보이는 누마루는 웬만한 집 대청마루 넓이다. 영화「서편제」에서 송화가 종소리를 들었다는 곳은 긴 쪽마루다. 노인이 거문고를 탄 곳은 쪽마루에서 뻗어 나와 넓게 퍼진 누마루다. 사랑채 뒤쪽 쪽마루에는 아침에 해가 들고, 앞쪽 쪽마루에는 저녁에 노을이 든다. 해와 노을이 번차례로 들어서 누마루는 늘 어떤 빛에 휩싸여 있는 듯하다. 선재는 수오당에서도 누마루가 제일 좋다. 할아버지가 누마루에서 소리하실 때 선재는 대나무밭 쪽 마루, 난간에 턱을 올리고 듣는다.

형님, 그동안 평안하셨는지요
그래, 흥부야, 네 놈이 아주 부자가 되었다는 소문 들었다
너, 이놈! 부자가 되면 하나밖에 없는 형님을 드려야지
혼자만 부자가 되어 떵떵거리고 산단 말이냐
어허, 고약한 아우로고!
일찍이 부모를 잃고 하나밖에 없는 아우를
금이야 옥이야, 먹이고 가르친 형님에게

어쩌다, 트로트

이 무슨 배은망덕이냐!

썩 다 내놓지 못하겠느냐!

오늘은 특별한 날이다. 수오당 솟을대문이 활짝 열리는 날이다. 운경 할아버지와 아버지와 쌤이 같이 「흥부가」를 부른다. 토막소리는 많이 들어봤지만 세 시간 완창은 처음이다. 완창의 마무리는 선재와 지수가 같이 하기로 했다. 오늘은 초대 손님만 오신다. 할아버지의 친구분들, 제자들, 친척들…… 소리공방 식구들이 다 온다. 그보다도 기분 좋은 일은 지수가 왔다는 사실이다. 노래자랑에서 대상을 탄 뒤로, 소리공방을 떠난 뒤로 코빼기도 안 보이던 지수가 왔다. 지수가 왔다. 어제 저녁, 소리 연습을 하는데 지수의 목소리가 더 굵어진 것 같았다.

"지수, 너 변성기야? 목소리가 어른 같아."

"아니야. 잠이 모자라서 그래. 목이 가라앉았어. 연습하랴, 행사 뛰랴, 예능 프로까지, 정말 정신없어. 학교 출석일수도 간당거려. 켈켈."

"정말 부럽다. 너 실력이 확 늘은 것 같아. 완전 가수야, 트로트 가수. 다들 난리잖아. 옛날 정통 트로트 가수가 부활했다고 말이야. 정말이야, 지수. 네가 부러워. 정말."

대답 없이 지수는 씨익 웃었다. 자신감의 표현 같았다. 작은 일에 씩씩거리고 못마땅하면 도사견처럼 이맛살을 찌푸리며 방방 뜨던 하지수가 아니었다.

'당당하고 자신감 넘쳐 보이네. 왕짜증, 찌질이 같던 그 하지수가 아니야. 나도 너처럼 멋진 트로트 가수가 되고 싶어, 지수야.'

그러나 선재는 말하지 못했다. 흰 티셔츠에 남색 재킷 차림으로 땀을 흘리는 친구가 처음 소리공방에 왔을 때의 하지수 같지가 않아서였다. 지금 선재의 눈앞에서 큰 부채를 펴고 판소리 부르는 친구가 짱구를 입 안 가득 넣고 우적우적 먹던 그 하지수 같지가 않아서였다. 왜, 무엇이 지수를 변하게 했을까. 대상을 탔다고 사람이 변할까? 선재는 알 수 없었다. 알 수 없지만 기분 좋은 변화임에는 틀림없었다.

"국토부 국장이? 지질학회? 아, 몰라. 난 그냥 돌 장수, 대리석 장수잖아. 그런 건 내 소관 밖이라구. 그럼. 아무튼 서류 먼저 보고, 오늘은 좀 바쁘니까 다음 주나 연결해. 그래그래. 그럼 수고!"

복숭아 철이 끝난 복숭아밭은 스산하다. 따지 않은 복숭아는 과즙이 녹아서 사라진다. 봉지 안에는 보나 마나 껍질이 말라붙은 복숭아씨만 있을 것이다. 통화를 끝낸 아버지의 표정이 좋다. 웃음소리는 없지만 얼굴 가득 복숭아 빛이다.

"어, 너."

선재는 넥타이를 내민다.

어쩌다, 트로트

"허허허, 이거 참. 살다 보니."

"아부지."

"그래, 어서 가자. 할아버지 기다리신다. 가서 준비 좀 도와드려야지."

무슨 일인지 궁금하다. 그러나 아버지는 바삐 돌계단을 올라가신다. 공연 전에 제사를 먼저 지낸다니까 선재도 서두른다.

"아부지."

"뭐, 왜, 아, 왜 불러? 궁금해? 허허허, 뭐가 그렇게 궁금해? 껄껄껄. 광산에서 이상한 광물이 나온 거 알지? 내가 샘플을 지질학회에 보냈다고 지난번에 말했잖아. 오늘 국토부에서 연락이 왔대. 너 희토류 알아? 핸드폰, 로봇, 레이저에 쓰는 금속, 알아? 중국에서 툭하면 협박 카드로 쓰는 거. 수출 금지하겠다고 하면 세계가 벌벌 떨잖아. 그 희토류 맥의 중심이 우리 광산이란다. 충주에서 월악산 쪽으로 뻗어 있는데, 중심이 월악 광산이래."

역시 언론의 힘은, 특히 TV 방송국의 역할은 대단했다. 수오당은 유명해졌다. 폭넓은 무용 치마 같은 복숭아밭을 앞에 두르고 묵은 대숲에 비스듬히 기대앉은 여섯 채의 기와집. 멀리 복사골에 흐르는 물소리를 품은 수오당의 모습은 전국으로 퍼졌다. 연락도 없이 아무 때나 신문, 방송국 차들이 들이닥쳤다. 아무 때나 관광객들이 와서 방문을 열어보았다. 신발 신은 채 대청마루와 누마루를 뛰는 아이들도 있었다.

"이번에 운경 선생님이 수오당을 개방하신 특별한 이유가 있나요?"

"운경 선생님께서는 인간문화재 발표회를 거부하셨습니다. 15년 동안 한 번도 무대에 안 서셨어요. 그래서 문화재 지정 취소를 위한 심의 위원회가 곧 열릴 것으로 알고 있는데요. 그에 대해 한말씀 부탁드립니다."

"수오당이 어디예요?"

"부천역에서 택시비 얼마 나와요?"

"수오당, 이름이 뭐예요? 아, 뜻이 뭐냐고요."

부천역에서 12km 거리. 하루 네 번 있는 마을버스를 타고 복사골에서 내린 다음 5분 남짓 복숭아밭 사잇길을 걸어 올라가야 만날 수 있는 수오당. 전기를 아끼기 위해서 안채의 두 방에만 전등을 켜는 수오당은 갑자기 부천의 명물이 되었다.

손님들은 복숭아밭을 걸어서 수오당의 솟을대문으로 들어왔다. 행랑채, 바깥채, 안채, 별당, 연못에서 사진을 찍었다. 돌담 옆으로 난 중문을 지나 사랑채에 이르러서 걸음을 멈추었다. 앞에 보이는 드높은 누마루, 거기에 검정 바지저고리, 하얀 두루마기를 입고 선 운경 할아버지 때문이었다.

흥부가 기가 막혀, 아이고, 형니임~

어쩌다, 트로트

부채를 펴고 소리하는 운경 이용화 때문이었다. 대극장에라 도 선 듯 할아버지는 큰 갓을 쓰고 판소리를 부르셨다. 선재가 보기에 손님들이 판소리를 알아듣는 것 같지는 않았다. 판소리를 좋아하는 것 같지도 않았다. 그냥 그림처럼, 영화처럼, 동물원 원숭이처럼 구경하는 손님들.

얼씨구, 조오치! 잘한다! 추임새도 할 줄 모르는 외국인들 같은 한국 손님들. 보다 못한 어머니가 아버지에게 말씀하셨다.

"아버님 좀 말리세요. 그만하시라고요. 모르는 사람들 앞에서 뭐 하러 힘들게 소리를 하시는지 모르겠네요. 고수도 없이……."

"글쎄 뭐, 원래 아버님이 혼자서 소리를 즐기시잖아. 내 말뜻은, 손님들이 있다고 해서 하던 소리를 안 하실 필요가 없다는 거지. 이제 수오당은 우리 집이 아니야. 은희 씨가 양보해서 그렇지, 비워달라면 언제든 비워드려야 해. 지금으로서는 부천시나 오성그룹이 아무리 덤벼도 은희 씨가 안 넘길 것 같아. 나도 광산일 정리되면 여기 와서 복숭아밭이나 가꾸며 지낼 생각이고. 우리, 아버님 하시는 일에 간섭 말자고. 그리고 지수나 우리 할락궁이를 위해서도 판소리가 대중에게 친근한 노래가 되는 건 좋은 일 같아. 당신, 손님치레 힘들면 커피 자판기 하나 놓을까? 생수통도 하나 놓고."

공자가 제자와 길을 걷다 나무 뒤에서 몰래 똥을 누는 남자를 발견하였다. 공자는 그 남자를 크게 꾸짖으며 다시는 몰래 똥을 누지 말라고 혼을 냈다. 남자는 부끄러워하며 "죄송합니다. 다시는 그러지 않겠습니다"라고 말하였다.

또 길을 가는데 이번에는 길 한복판에서 똥을 누는 사람이 나타났다. 공자는 지나쳤다. 그러자 제자는 궁금하게 여겨 물었다.

"나무 뒤에서 몰래 똥 싸던 남자는 나무라시면서 왜 길 한복판에 똥 누는 사람을 보고 그냥 지나치십니까?"

그러자 공자가 대답하였다.

"몰래 똥을 누는 것은 자신의 행동이 부끄럽다는 것을 아는 행위다. 그런 사람을 꾸짖으면 고칠 수가 있다. 하지만 대놓고 길 한복판에서 똥을 싸는 사람은 미친 사람이다. 부끄러움을 모르니 꾸중도 필요 없느니라."

"할아버지는 언제나 두 가지를 말씀하신다. 사람은 이 두 가지만 지키면 된다고 하신다. 수오지심옳지 못함을 부끄러워한다, 측은지심어려운 사람을 불쌍히 여긴다."

아버지에게 듣긴 했지만 선재는 한문이 어렵다. 뜻은 더 어렵다. 지수가 수오당의 뜻을 물을 때도 대답하기 어려웠다.

"골치 아프게 생각할 거 없어, 지수야. 그냥 친구랑 잘 지내

어쩌다, 트로트

고, 할 일 잘하면 되는 거래. 넌 진짜 좋은 친구야. 네가 무대에서 노래 부르다 말고 뛰어 내려와서 어머니를 업고 나갈 때, 난 결심했어. 너에게 진짜로 참된 친구, 뭐든 다 줄 수 있는 절친이 되겠다고 말이야."

"아, 됐어. 간지러워. 아들이 엄마를 업는 게 당연하지, 뭘 그런 걸로 새삼 절친이야, 절친이."

툭툭거리면서도 지수는 켈켈, 웃는 표정이었다. 선재는 웃는 지수가 너무 좋아서 말을 계속했다.

"아, 뭐, 좀 얘기하다 보니까 엄청 쑥스러운데, 아무튼 난 너랑 싸우기 싫어. 그러니까 너도 나한테 그 사납고 못생긴 도사견 표정 좀 짓지 마, 응? 가끔 날 떠보는 것 같더라. 그러지 마. 우리 잘 지내자, 영원히."

'영원히'라는 말에 지수가 웃음을 거두었다. 켈켈, 웃음을 기대했던 터라 선재도 머쓱해졌다. 그렇지만 선재는 확실하게 말하고 싶었다.

"이제 나도 트로트 가수 될래. 아직은 판소리가 익숙하지만, 이제는 트로트가 더 마음에 들어와. 가사가 쉽고, 곡조도 쉽고……. 그런데 고음은 확실히 좀 어렵더라. 판소리는 배 힘으로 지르면 올라가는데, 후두음을 쓰는 트로트는 샤우팅이 겁나."

"겁날 거 없어. 다 요령이야. 작곡가 사무실 몇 달 다니면 음치, 박치, 고음치가 다 고쳐져. 내가 보기에 너는 다 좋은데 감정을 못 잡는 게 가장 단점이야."

"나도 알아. 눈물꽝인 거 안다구. 난 너처럼 감정 잡는 거 안돼. 하지만 뭐, 언젠가는 되지 않을까? 지수야, 나 좀 도와줘. 네가 도와주면 나도 트로트 가수의 꿈을 꿀 수 있을 것 같아. 판소리는 판소리고 트로트는 트로트야. 둘 다 잘하면 너처럼, 빛나 누나처럼 뜨는 거잖아. 연예계 스타, 별 볼 일이 생기는 거잖아. 유명해지는 거잖아. 헤헤."

선재의 웃음소리에도 지수는 웃지 않고 말했다.

"트로트 배틀, 데스 매치, 하지수와 이선재. 이선재, 이제부터 넌 내 적이야, 적. 어느 프로그램이든 왕관은 하나뿐이니까."

"세계는 넓고 무대는 많아. 왕관도 많지."

선재도 웃지 않고 말했다.

어쩌다, 트로트

∙ ∙ ∙ ∙

선재는 지수와 누마루에 달린 사랑채에서 기다린다. 어른들의 「홍부가」 마무리를 소리하기 위해서다. 어른들은 두루마기 한복 차림에 갓을 썼다. 선재와 지수는 편한 흰 티에 남색 재킷 차림이다. 무대복이 아닌 평상복을 입어도 좋다고 빛나 누나가 조은필 쌤께 미리 허락을 얻은 것이다.

수오 하방울 제「흥부가」

하동국 추모 판소리 완창 발표회

분홍 액자 속의 세 사람은 웃고 있다. 무거운 볏단을 어깨에 멘 흥부 하동국과 놀부 조은필, 신이 나서 엉덩이를 반쯤 든 고수 이금산.

사진 아래의 네모 찻상에서 한 줄기 향이 피어오른다. 향로 앞에는 노랑 백합꽃과 분홍 백합꽃 가득한 항아리가 놓여 있다. 지수 어머니가 일어나신다. 분홍 액자를 내리고 같은 크기의 액자를 놓으신다. 고동색 액자 속에서 지수를 빼닮은 젊은이가 웃는다.

하동국.

그는 활짝 웃으며 아들 지수와 아들의 절친 선재를 본다. 누마루 돗자리에서 판소리 부르는 친구들, 이금산과 조은필을 본다. 한 줄기의 향으로 두루두루 감싼다.

　금산아, 은필아, 내 벗들, 미안해

　은니, 내 사랑 은니, 사랑해

　지수야, 내 아들 지수, 미안하고…… 사랑해

　스승님……. 스승님의 은혜는 살아서도, 죽어서도 못 갚고 이렇게……

　어른들에 이어서 선재는 지수와 판소리를 주고받는다. 볏단을 지고 허리를 구부정하게 숙인 형제. 서로가 걱정되어 밤마다 볏단을 나르던 흥부와 놀부가 부활한다. 주황색 폴라 티, 청바지 차림의 안빛나가 북을 친다. 어지러운 북소리에 구경꾼들은 조용히 침을 삼킨다.

　형님께서 이 밤중에 여기 왜 나오셨소

　아우는 이 밤중에 여기 왜 나왔는가

　아, 저야 볏단에 쥐새끼들이 들락일까, 걱정되어 나왔지요

　아, 나도 볏단에 참새들이 들락일까, 걱정되어 나왔다네

　얼씨구, 잘한다, 조오치! 여느 때 같으면 후끈 달아올랐을 소리판이다. 그러나 너무 고요하고 너무 적막하다.

어쩌다, 트로트

그리운 마음.

하동국을 그리워하는 마음이 추임새를 못 넣게 하나 보다. 소리판 돗자리를 둘러싼 50여 명의 손님들은 서로 눈을 마주치지 않는다. 누구 한 사람이라도 눈물 그렁하면 순식간에 소리판을 눈물판으로 만들 것이다. 다행히 미색 원피스 차림의 지수 어머니는 편안해 보인다.

놀부(지수 : 분홍색 긴 커플 베개를 볏단처럼 어깨에 메고서)
나는 아이가 없으니, 볏단이 필요 없어
아우는 아이가 열둘이니, 볏단이 더 필요하지 않은가
아우의 반듯한 성격에, 낮에 주면 안 받을 게 뻔해서
밤마다 이 고생을 하니, 제발 나를 불쌍히 여겨
내 볏단을 받아다오

흥부(선재 : 초록색 긴 커플 베개를 볏단처럼 어깨에 메고서)
아이고, 형님, 그런 말씀 마시오
사람마다 저 먹을 건 갖고 태어난다오
공장일, 농사일, 택배일, 뱃일이 널렸어요
더 이상 저를 거지 백수 취급하지 마시고
제 볏단을 받아주오

놀부

세상이 어려우니 부자 노릇이 어렵구나

네가 나의 인간성을 시험하는 것이냐

부모에게 받은 아파트가 굴러서 생긴 돈

사람들이 나를 손가락질하고 너만 불쌍히 여기는구나

조카들 울음소리에 잠 못 드는 나는 무슨 죄냐

흥부

세상이 어려우니 빈자 노릇도 어려워요

형님이 저의 도덕성을 시험하는 것인가요

부모에게 받은 아파트가 사고 몇 번에 날아가고

생활비, 병원비, 교육비 준다기에 만든 아이 열둘

아이들 웃음소리에 살맛나는 기분, 형님은 모르시오

놀부   아우야, 제발 나 좀 사람답게 살게 해다오

흥부   형님, 제발 저 좀 사람답게 살게 해주오

놀부   아우야, 볏단이라서 안 받는 거라면 카드는 어떠하냐

흥부   형님, 카드보다 신사임당 든 사과 상자는 어떠하오

놀부   좋구나, 좋아. 사과 상자라면 얼마든지!

흥부   좋아요, 좋아. 사과 상자라면 얼마든지!

어쩌다, 트로트

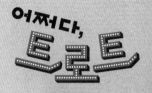

| 창작 노트 |

『어쩌다, 트로트』창작 노트

어쩌다, 빠진 트로트 사랑

올해는 유난히 트로트를 많이 불렀습니다. 신라의 달밤을 밧줄로 꽁꽁 묶어다가 연상의 여인에게 바치고도 지금까지 부르고 있습니다. 앞으로도 나는 트로트에 빠져 살아야 할 운명을 느낍니다. 작품 속의 지수와 선재, 빛나도 트로트 속에서 한 운명이 되었습니다. 노래를 좋아하는 아이들이 한 번쯤은 이런 운명을 느끼면 좋겠습니다.

올해는 유난히 가수들을 많이 사랑했습니다. 유명 가수들이 아닌, 이제 막 분장을 시작한 무명 가수들에게 빠졌습니다. 어리바리한, 용감한 척하는 모습이 얼마나 재미있고 가슴 아프던지. 노랫말에 맞게 즐거운 척, 슬픈 척, 연극배우로 변신하여 청중을 웃기고 울리는 모습이 얼마나 신선하고 눈물 나던지. 누구나 시작은 이렇게 상처투성이지만, 차츰 피가 멎고 홀로 우뚝 서는 날이 분명 온다는 것을 아이들이 믿어주었으면 좋겠습니다.

어쩌다, 트로트

트로트의 노랫말은 동시를 닮았어요. 쿵짝쿵짝 네 박자 속에 사랑도 담고, 우정도 담고, 눈물도 담는, 그런 멋진 노랫말은 아이들이 더 잘 쓸 것 같아요. 짧고, 쉽고, 보석처럼 빛이 튀지요. 듣는 순간 가슴이 얼얼하고, 몇 번 들으면 머릿속에서 뱅뱅 돌지요. 나도 좀 써봤어요. 쑥스럽지만 살짝 공개합니다. 나의 노랫말이 너무 싱겁다는 거, 잘 압니다. 인생의 쓴맛이 덜 뱄지요. 그래도 혹시 트로트 노랫말로 쓸 만한지 한번 읽어봐 주세요. 고맙습니다.

흘러간 따스한 물에게
흐르는 따스한 물에게
흘러올 따스한 물에게
시를 지어 바치고픈 마음입니다

그리 정확하지 않아도
그리 아름답지 않아도
억만 년 물에 비친 그대에게
시를 지어 바치고픈 마음입니다

2020년 시월
월악산에서, 박재희

어쩌다, 트로트

ⓒ 박재희

초판 1쇄 인쇄일 ㅣ 2020년 10월 15일
초판 1쇄 발행일 ㅣ 2020년 10월 30일

지은이 ㅣ 박재희
펴낸이 ㅣ 사태희
편집인 ㅣ 최민혜
디자인 ㅣ 권수정
마케팅 ㅣ 장민영
제작인 ㅣ 이승욱 이대성

펴낸곳 ㅣ (주)특별한서재
출판등록 ㅣ 제2018-000085호
주 소 ㅣ 04037 서울시 마포구 양화로 59, 화승리버스텔 703호
전 화 ㅣ 02-3273-7878
팩 스 ㅣ 0505-832-0042
e-mail ㅣ specialbooks@naver.com
ISBN ㅣ 979-11-88912-89-6 (43810)

※ 본문에서 인용한 백설희의 <봄날은 간다>, 현인의 <신라의 달밤>, 송대관의 <네박자>, 김용임의 <사랑의 밧줄>, 이미자의 <열아홉 순정>, 나애심의 <과거를 묻지 마세요>, 윤민호의 <연상의 여인>, 장사익의 <아버지>는 'KOMCA 승인필' 했습니다.

이 도서의 국립중앙도서관 출판예정도서목록(CIP)은 서지정보유통지원시스템
홈페이지(http://seoji.nl.go.kr)와 국가자료공동목록시스템(http://www.nl.go.kr/kolisnet)에서
이용하실 수 있습니다. (CIP제어번호: CIP2020043057)